죽은 혼

일러두기

• 이 책은 Nikolai Gogol's, 『*Home Life in Russia, Volumes 1 and 2(Dead Souls)*』(Project Gutenberg, 2006)를 참고했습니다.

진형준 교수의 세계문학컬렉션

35

죽은 혼 Dead Souls

니콜라이 고골 지음

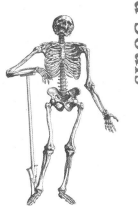

살림

니콜라이 고골

러시아 화가 오토 프리드리히 테오도어 폰 묄러(Otto Friedrich Theodor von Möller)의 1840년경 작품.

「『죽은 혼』 제2부 원고를 불에 태우는 고골 Gogol burning the manuscript of the second part of "Dead Souls" 」

러시아 화가 일리아 레핀(Ilia Repine)의 1909년 작품.『죽은 혼(*Dead Souls*)』제2부 원고를 불에 태우는 니콜라이 고골(Nikolai Vasilievich Gogol)의 모습을 그렸다.『죽은 혼』은 고골의 대표작이며 19세기 러시아 걸작 소설 중 하나다.『죽은 혼』제1부는 1835년경에 쓰기 시작하여 7년 뒤인 1842년에 출간되었다. 그러나 고골은『죽은 혼』제1부를 집필하면서 인간의 악함만을 들춰내는 자신의 재능에 회의를 느끼고 종교에 심취한다. 이후 1846년 사회의 좋은 귀감이 되고자『친구들과의 왕복 서간』을 발표하지만, 그 내용이 농노제도를 옹호하는 것이었기 때문에 많은 문학자들의 비판을 받았다.『죽은 혼』제2부 집필에 착수하던 고골은 자신의 초고에 만족하지 못한 나머지 두 번에 걸쳐 원고를 불살라버린다. 현재『죽은 혼』제2부는 고골이 죽은 뒤인 1855년에 간행된 불완전한 원고만 남아 있다.

「불구가 된 농노 Crippled Serf」

러시아 화가 바실리 폴료노프(Vasily Dmitrievich Polenov)의 1876년 작품. 농노는 중세 유럽 봉건사회에서 발전한 지주의 지배하에 생산을 담당하던 계급을 말한다. 농노들은 지주의 땅을 경작해주는 대신 작물의 종자나 식량을 지원받거나 자기 땅을 경작하기 위해 가축이나 농기구 등을 빌렸다. 노예와 달리 자유롭게 결혼하고 자식을 두거나 집과 채소밭 등을 소유할 수 있었으나, 사실상 지주에게 종속되어 쉽게 다른 곳으로 이사를 하거나 직업을 바꿀 수는 없었다. 보통 농노는 땅과 함께 포함된 가격으로 거래되었으나 농노제도가 폐지되기 60년 전쯤에는 농노만으로도 거래했으며 은행에 담보로 설정할 수도 있었다. 농노의 삶은 어떤 영주를 만나느냐에 따라 크게 좌우되었고, 대부분 수탈의 대상이 되어 많은 세금을 납부하며 가난하게 살았다. 러시아의 농노제도는 알렉산드르 2세에 의해 1861년에 폐지되었다.

「타이탄과 거인 Titans and giants」

1861년에 출판된『신곡』중 프랑스 삽화가 폴 귀스타브 도레(Paul Gustave Doré)가 그린「지옥편」삽화.
『신곡』은 이탈리아 대사인 단테 알리기에리(Dante Alighieri)의 대표작으로 1304년경부터 쓰기 시작하여
1321년에 완성되었다.「지옥편」「연옥편」「천국편」의 3부로 되어 있으며 1만 4,233행으로 된 대서사시다.
대략적인 줄거리는 숲에서 길을 잃은 단테가 성목요일에서 성금요일에 걸친 밤부터 일주일간 삼계를 순
례한다는 내용이다.『신곡』은 현실에 대한 비판서임과 동시에 중세의 모든 학문을 종합한 작품으로 보카
치오의『데카메론』, 고골의『죽은 혼』등 후대 여러 작가에게 영향을 미쳤다.

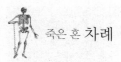 죽은 혼 **차례**

제1부

제2부

제 1 부

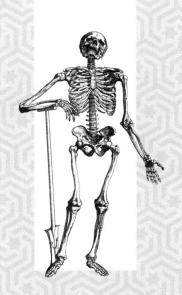

제1장

N이라는 어느 지방 도시의 여인숙 앞에 멋진 사륜마차가 멈춰 섰다. 퇴역한 영관급, 혹은 위관급 장교나 농노를 100명 정도 거느린 지주, 한마디로 중간급 정도의 독신 신사들이 타고 다니는 반개(半開) 사륜마차였다. 마차 안에는 한 신사가 타고 있었다. 그는 미남은 아니었지만 그렇다고 추하다고 할 수는 없었고, 너무 뚱뚱하거나 너무 마르지도 않았다. 또한 너무 늙었다고 하기도 그렇고 그렇다고 너무 젊다고 하기도 뭐했다.

마차가 여인숙 마당으로 들어서자 하인, 혹은 러시아 여인숙에서 흔히 말하듯 급사라고 하는 게 옳을지도 모를 사내 한 명이 그를 맞이했다. 어찌나 행동이 잽싼지 미처 얼굴을 살펴보기도 어려웠다. 급사가 신사를 재빨리 2층 방으로 안내했다. 여인숙 자체가 흔해빠진 것이었으니, 방도 흔히 볼 수 있는 것이었다. 하루 2루블만 내면 언제 어디서고 얻을 수 있는 방이었으며, 방 안 구석에서 자두만 한 바퀴벌레가 기어 나오고, 옆방으로 통하는 문은 장롱으로 가려진 방이었다.

밖에서 본 여인숙의 정면 모습 역시 내부 모습과 잘 어울렸다. 꽤 넓은 2층 건물로 아래층은 덧칠을 채 다 해놓지 않아 붉은 벽돌 상태 그대로였는데, 변덕스러운 날씨 때문에 거무스레하게 더럽혀져 있었다. 그리고 2층은 한결같이 노란색으로 칠해져 있었다.

아래층에는 상점들이 죽 늘어서 있었다. 멍에, 밧줄, 둥근 빵을 팔고 있는 상점들이었다. 늘어선 상점들 제일 끝에는 꿀에 향료를 넣은 음료를 파는 노점상이 사모바르라는 찻주전자를 옆에 놓고 앉아 있었다. 그의 얼굴이 사모바르처럼 붉은색이어서, 얼핏 보면 사모바르 두 개가 나란히 놓여 있는 것처럼 보일 정도였다.

새로 들어온 신사가 자기 방을 둘러보고 있는 동안에 마부 셀리판과 하인 페트루시카가 그의 짐을 방으로 운반해 왔다. 하얀 가죽으로 된 여행용 트렁크를 비롯해서, 손에 들고 다닐 수 있는 자작나무로 만든 작은 상자, 장화 걸이, 파란 종이에 싼 통닭구이들이 그의 짐이었다. 트렁크의 가죽이 약간 닳아 있는 것으로 보아 이번 여행이 초행길이 아님을 알 수 있었다.

짐을 다 나른 후에 마부 셀리판은 말들을 살피기 위해 마구간으로 갔고 서른 살의 하인 페트루시카는 현관 앞의 어두컴컴한 자기 방으로 갔으며, 그들이 짐을 정리하는 동안에 신사는 여관의 응접실로 내려갔다.

이 여관의 응접실이 어떤 모습인지는 굳이 설명하지 않아도 러시아 여행객이라면 누구나 알 수 있을 것이다. 한결같이 기름 페인트가 칠해진 벽 위쪽은 굴뚝 연기 때문에 검게 그을려 있었고 아래쪽은 사람들이 하도 등으로 비벼대서 번들번들 윤기가 흐르고 있었다. 연기에 그을린 샹들리에가 흔들리고, 벽에는 유화 작품들이 걸려 있었다. 한마디로 어느 여관에 가더라도 볼 수 있는 것들이었다. 다만 한 가지 차이가 있다면, 그곳에 걸린 그림 하나에, 이제껏 그 누구도 본 적이 없을 정도로 가슴이 큰 요정이 그려져 있다는 정도였다. 아마도 여행객을 통해 이탈리아에서 들여온 것이리라.

신사는 모자를 벗고 무지개색 모직 스카프를 목에서 풀었다. 그런 스카프라면 아내가 손수 짜서 어떻게 해야 제대로 맬 수 있는지 끊임없는 잔소리를 덤으로 얹어 남편 목에 매주는 게 보통이었다. 하지만 독신자의 경우 누가 그런 스카프를 매주는지 알 수가 없다. 나는 한 번도 그런 스카프를 둘러본 적이 없으니 말이다.

스카프를 푼 후 신사는 식사를 주문했다. 손님을 맞기 위해 몇 주 동안 보관해놓았던, 이런 곳에서 흔히 나올 수 있는 요리들, 즉 작은 파이를 곁들인 양배추 수프, 완두콩을 곁들인 골수(骨髓) 요리, 양배추가 들어간 소시지 요리, 통닭 요리, 소금으로 간을 한 오이, 작은 파이들이 차례차례 나왔다. 그런 음식들이 데워져서, 혹은 차가운 채 나오는 동안 그는 하인, 아니 급사에게 아주 시시콜콜한 일들, 예컨대 이 여관의 이전 주인은 누구였는지, 지금 주인은 누구인지, 수익은 높은지, 주인의 평판은 어떤지 물었다. 그러자 급사는 "정말 지독한 사람이지요"라고 그의 귀에 대고 속삭였다.

요즘은 개화된 러시아에서도 유럽과 마찬가지로 여관에서

식사할 때면 급사와 가벼운 대화나 농담을 나누는 게 일반적인 매너가 되었다. 하지만 신사가 급사에게 던진 질문은 모두 그렇게 하찮은 것만은 아니었다. 이 지방의 지사는 누구이며 지방의회 의장은 누구인지, 또 지방 검사는 누구인지, 한마디로 이 지방 유지들에 대해서 자세하게 캐물었다. 또한 이 지방 지주들에 대해서도 샅샅이 물었다. 그 지주들에게 농노는 몇 명이나 있는지, 어디에 사는지, 심지어 그 지주의 성격은 어떠하며 읍내에는 얼마나 자주 나오는지 꼬치꼬치 캐묻는 것이었다. 게다가 그는 이 도시가 어떤 상태인지, 무서운 역병 같은 것들이 돈 적은 없는지도 물었다. 그 질문이 너무 세세한 것이어서, 단순한 호기심에서 던진 것이 아님을 척 봐도 알 수 있었다.

점심 식사를 마친 후 신사는 급사가 요구한 대로 자신의 관직, 이름, 성을 적은 쪽지를 내주었다. 경찰서에 신고하기 위해서였다. 쪽지에는 '6등관 파벨 이바노비치 치치코프. 개인적 용무로 여행 중'이라고 적혀 있었다.

치치코프는 도시를 구경하러 나갔다. 그는 도시를 둘러보며 이 도시가 다른 현의 도시보다 조금도 뒤떨어지지 않는 것을 보고 흡족한 미소를 지었다.

노란 페인트칠을 한 석조 가옥들이 늘어선 가운데 회색 페인트칠을 한 목조 가옥들도 있었다. 단층집과 2층집도 있는데, 집들은 한 군데 모여 있거나 외따로 떨어져 있기도 했다. 빵집, 모자 가게, 당구장, 잡화상, 과자 가게 들이 각 가게의 특징을 한눈에 알려주는 간판을 내건 채 늘어서 있었지만, 가장 흔한 것은 역시 술집이었다.

포장도로는 울퉁불퉁했다. 그는 나무들이 아직 뿌리도 채 내리지 않은 공원에 들렀다. 지나가는 순경에게 지방의회와 지방법원 가는 길, 지사 관저로 가는 길 등을 소상히 묻고는 도시 한가운데를 흐르고 있는 강을 둘러보고 다시 여관으로 돌아왔다. 그는 방으로 들어가 차를 마시며 포스터를 읽었다. 돌아오는 도중에 기둥에 붙어 있던 연극 포스터를 떼어 온 것이다. 그는 다 읽은 포스터를 반듯하게 접어 작은 상자에 넣었다. 그는 자기 손에 들어오는 것은 무엇이든 그 작은 상자에 넣는 버릇이 있었다.

그는 저녁으로 송아지 고기 한 접시를 먹고 차가운 음료 한 병을 마신 후, '천둥 치듯 코를 골며' 잠을 자는 것으로 그렇게 하루를 마감했다.

그의 다음 날 일과는 온통 여러 지방 관리들을 방문하는 것으로 채워졌다. 그는 먼저 현(縣) 지사를 만나 공손하게 인사했다. 지사는 치치코프와 마찬가지로 뚱뚱하지도 마르지도 않은 체격이었다. 그의 목에는 성 안나 훈장이 걸려 있었지만 머지않아 그보다 높은 훈장을 달게 된다는 소문도 돌았다. 이어서 그는 부지사와 지방 검사, 지방의회 의장, 경찰서장, 지방 국세청장, 국유 공장 감독관들의 집을 일일이 방문했다. 그 외에도 이 지방의 유지라고 할 수 있는 사람들을 빼놓지 않고 모두 방문했으나, 내가 일일이 그 사람들을 기억할 수 없는 것이 유감일 뿐이다.

그에게는 대화하면서 상대방의 환심을 사는 특별한 재주가 있었다. 예를 들어 지사에게는 이 고을에 들어설 때 꼭 낙원에 들어서는 것 같다고 말하며 도로와 행정관청에 대한 칭찬도 아끼지 않았다. 경찰서장에게는 야간 경비원들이 훌륭하다고 칭찬했고, 부지사와 대화할 때는 마치 실수인 양 '각하'라는 호칭을 일부러 사용하기도 했다. 부지사가 그 호칭에 흐뭇해했음은 물론이다. 그의 활약 결과, 지사는 그날 저녁 자기 집에서 열리는 연회에 그를 초대했고, 다른 이들도 오찬과 차 모임에 그를 초대했다.

하지만 그는 자기 자신이 누구인지에 대해서는 별로 말이 없었다. 살면서 이런저런 고초를 겪은 하찮은 사람일 뿐이라고 겸손하게 말했고, 지금은 여생을 편히 지낼 곳을 찾기 위해 이곳저곳 물색 중이며, 우연히 이곳에 오게 된 이상 우선 유지 분들께 경의를 표하는 게 예의라고 생각했다고만 말했다.

그는 그날 저녁, 초대받은 지사의 연회에 모습을 드러냈다. 그는 연회에 가기 전에 두 시간이나 공들여 몸을 치장했다. 얼굴을 정성스럽게 닦고 거울 앞에서 코털을 뽑은 후에 반점 무늬가 있는 월귤나무색 연미복을 입었다. 그가 마차에서 내린 후 지사의 집 안으로 들어섰을 때, 사람들은 그가 얼마나 공들여 몸치장했는지 단번에 알 수 있었다.

홀에 들어선 순간 그는 자신도 모르게 눈살을 찌푸렸다. 수없이 많은 양초와 램프, 귀부인들의 드레스 장식에서 뿜어져 나오는 강한 빛에 눈이 부셨던 것이다. 빛나는 검은 연미복을 입은 신사들이, 마치 기회를 봐서 다시 음식에 앉기를 노리며 붕붕 날아다니는 파리 떼처럼 여기저기서 분주히 움직이고 있었다.

그는 주위를 다 둘러보기도 전에 지사에게 팔을 붙잡혔다. 지사는 그를 자기 부인에게 소개했다. 새로 온 손님인 그는 침착하고 정중하게 부인에게 인사했다.

2인조 춤이 시작되자 그는 뒷짐을 진 채 벽 쪽으로 물러나 주변을 둘러보며 사람들을 관찰했다. 이런 곳에 모이는 남자들은 어디나 그렇듯이 딱 두 부류로 나뉜다. 한 부류는 마른 남자들로서 상트페테르부르크의 신사들과 견주어도 손색이 없을 정도의 용모나 복장을 한 채 여자 주변을 맴도는 남자들이다. 그들은 유창하게 프랑스어를 구사하며 부인들을 웃긴다. 다른 한 부류는 뚱뚱하거나, 아니면 치치코프처럼 뚱뚱하지도 마르지도 않은 부류의 남자들이다. 이들은 곁눈질하며 부인들로부터 뒷걸음질 치면서 카드놀이가 아직 시작되지 않았는지 테이블을 흘낏거린다. 이들 대부분은 얼굴이 통통하고 둥글며 어떤 이는 턱수염이 있다.

그런데 둘째 부류의 사람들은 대개가 다, 이 도시에서 존경받는 관리들이다. 오호, 애재라! 마른 이들보다는 뚱뚱한 이들이 일을 잘하는 법이니, 이들은 마른 사람들처럼 이리저리 둥

등 떠다니지 않는다. 이들은 한번 자리를 잡으면 단단히 그 자리를 꿰차고, 자기가 앉은 자리 밑에 금이 갈지언정, 절대로 그 자리에서 밀려나지 않는다.

이미 치치코프와 안면을 익힌 사람들은 후자에 속했다. 그는 이들과 어울렸고 이들은 치치코프를 아주 오랜 지기처럼 받아들였다. 이어서 치치코프는 저녁 식사 전까지 지주들과 어울려 카드놀이를 했다. 카드놀이를 하는 동안 이들은 거의 대화를 하지 않았다. 하지만 마닐로프와 소바케비치라는 지주 두 명이 치치코프의 관심을 끌었다. 치치코프는 의회의 의장과 우체국장을 은밀히 옆으로 불러 이들에 관해 물었다.

그런데 치치코프가 묻는 내용이 심상치 않았다. 단순한 호기심에서가 아니라 분명 무슨 속셈이 있는 것 같았다. 그는 이들이 소유하고 있는 농노가 몇 명인지, 그들의 영지 상태가 어떤지 물은 다음에야 이들의 이름과 성을 물어보았던 것이다.

치치코프는 순식간에 그 두 지주의 마음을 사로잡았다. 아직 한창나이인 마닐로프는 치치코프에게 홀딱 반해버렸다. 설탕처럼 달콤한 눈을 하고 있는 마닐로프는 웃을 때마다 실눈이 되었다. 마닐로프는 오랫동안 치치코프의 손을 잡고, 자기 영지는 이 도시에서 거리가 15킬로미터밖에 되지 않으니 꼭 한번 자기 집을 방문해달라고 간청했다. 치치코프는 기꺼이 그 초대에 응하겠으며, 마을을 방문하는 것을 자신의 의무로 생각한다고 말했다. 소바케비치도 그를 초대했다.

이튿날 치치코프는 경찰서장 집 연회에 초대를 받았고 그 집에서 밤 2시까지 휘스트(Whist: 보통 네 명이 둘씩 편을 짜고 하는 카드 놀이)를 했다. 그 자리에서 치치코프는 30대의 노즈드료프라는 지주와 친분을 쌓았다.

그다음 날, 치치코프는 지방의회 의장 집에서, 다음 날은 부지사 집, 그다음 날은 국세청장 집, 그다음 날은 지방 검사 집에서 조촐한 정찬을 했다. 사실 조촐하다고 말했지만 실은 진수성찬이나 다름없었고, 다음 날은 시장이 베푼, 역시 진수성찬이 차려진 초대 연회에 참석했다. 한마디로 말해 치치코프는 단 한 시간도 여관에 머물지 않았으며, 그곳에는 오로지 잠을 자기 위해서만 돌아왔을 뿐이었다.

그는 더없이 수완이 좋았으며 어디에 가든 온갖 세상 경험이 많은 사람이라는 인상을 주었다. 화제가 어떤 것이건 간에 그는 대화를 잘 이끌어갔다. 말을 키우는 이야기가 나오면 그에 대해 해박한 지식을 늘어놓았고, 개를 키우는 게 화제가 되면 누구에게나 요긴한 정보를 알려주었다. 현의 세무 감독관이 내린 최근의 판결에 대해서도 법적인 문제에 정통한 모습을 보여주었고 당구 게임에 대해 논의할 때도 그는 전혀 밀리지 않았다.

그 외에도 인간이 베풀어야 하는 선행에 대해서, 포도주 제조 공정에 대해서도 능숙하게 자신의 견해를 밝혔으며 세무 감독관의 판결에 대해서도 마치 자신이 재판관이 된 듯 판결을 내렸다.

그는 크지도 작지도 않은 적당한 목소리로 그 모든 것을 말했다. 모든 것이 논리 정연했고 자신을 제어할 줄도 알았다. 한마디로 그는 예의 바른 사람이었다. 관리들은 누구나 이 새로운 방문객을 환영했다. 지사는 그를 생각이 온건한 사람이라고 했고, 지방 검사는 그를 유능한 사람이라고, 헌병 대장은 그를 학자라고 했다. 지방의회 의장은 그가 유식할 뿐 아니라 존경할 만한 사람이라고 했고, 경찰서장은 그가 존경할 만할 뿐더러 더없이 친절한 사람이라고까지 말했다.

이런 식으로 이 새로운 손님에 대한 좋은 평판이 도시 전체에 퍼지게 되었다. 그리고 그 평판은 이 사내가 품고 있던 아주 이상한 사업, 혹은 일종의 사건이 이 도시 전체를 혼란에 빠뜨리게 될 때까지 지속되었다. 독자 여러분은 그 사업이 어떤 것인지 곧 알게 될 것이다.

제2장

치치코프가 그런 식으로 매일 오찬장과 연회장을 찾아다니며 즐겁게 지낸 지 1주일도 더 되었다. 그리고 그는 마침내 전에 초대받은 지주 마닐로프와 소바케비치의 집을 방문하기로 마음먹었다. 마부 셀리판에게는 반개 사륜마차에 말을 매라는 명령을, 하인 페트루시카에게는 짐을 잘 지키고 있으라는 명령을 내렸다.

일요일 아침, 드디어 사륜마차가 덜컹거리며 여관을 빠져나가 거리로 나섰다. 지나가던 사제가 모자를 벗어 인사했고, 마부는 "한 푼 주세요!"라며 손을 내밀고 마차로 달려드는 애들을 채찍으로 후려쳤다. 이윽고 마차가 도시를 벗어나자 자그마한 언덕, 전나무와 소나무가 듬성듬성 심어진 숲, 야생 히스(heath: 진달랫과의 작은 나무) 등이 길옆에 잇달아 펼쳐지기 시작했으며, 러시아 사람이라면 익히 아는 작은 마을 풍경들도 나타났다.

마차가 15킬로미터쯤 지나자, 치치코프는 마닐로프의 말대로라면 이쯤에서 마을이 나타나야 한다고 생각했다. 하지만 16킬로미터 이정표를 지날 때까지도 마을은 나타나지 않았다. 만일 농부 두 명을 우연히 만나지 않았다면 그들은 목적지를 찾지 못했을지도 모른다. 치치코프가 농부들에게 마닐롭카라는 마을이 아직 멀었느냐고 물어보자 한 농부가 대답했다.

"마닐롭카요? 한 1킬로쯤 가면 오른쪽에 있습니다요. 저기 바로 산 위에 2층 석조 건물이 보이지요? 저 집이 지주의 집입니다요."

마부는 마닐롭카를 향해 마차를 몰았다. 2킬로미터 정도 달리자 마을로 접어드는 길이 오른쪽에 나타났다. 하지만 그 길로 접어들어 2킬로, 3킬로, 4킬로미터를 더 달렸지만 지주의 집은 나타나지 않았다. 누군가 자신의 집으로 사람을 초대하면서 거리가 15킬로미터쯤 된다고 말했다면 실제로는 30킬로미터는 가야 한다는 어느 친구의 말을 치치코프는 그제야 기억해 냈다.

마차는 드디어 높은 곳에 홀로 서 있는 지주의 집에 도착했다. 저택이 있는 산비탈은 말끔하게 다듬은 잔디로 덮여 있었다. 잔디 여기저기에는 라일락과 아카시아를 심어놓은 영국식 화단이 두세 개 있었고 자작나무 숲도 있었다. 숲 아래로는 '고독한 사색의 사원'이라는 현판이 걸린 정자가 있었고, 그 아래에 연못이 있었다. 이 언덕 기슭 전체에 회색 통나무로 된 농가가 흩어져 있었는데, 어림짐작으로도 200채도 더 되는 것 같았다.

치치코프는 저택 마당으로 들어서면서 현관 계단에 서 있는 주인을 발견했다. 녹색 프록코트(frock coat: 남자용 서양식 예복의 하나)를 입은 주인은 다가오는 마차를 잘 살펴보기 위해 눈 위에 차양 모습으로 한 손을 올리고 있었다. 마차가 가까워져 오자 주인의 얼굴이 반가움으로 환하게 빛났다. 이윽고 치치코프가 마차에서 내리자 주인이 환성을 질렀다.

"파벨 이바노비치! 나를 기억해주실 줄이야!"

두 사람은 반갑게 포옹한 후, 마닐로프가 손님을 방 안으로 안내했다. 나는 작가로서 마닐로프가 어떤 인물인지 적절하게 묘사할 의무가 있다. 하지만 그를 제대로 묘사하기가 어렵다. 뛰어난 사람이라면 그저 얼굴의 특징과 복장에 대해 묘사하는 것만으로 그의 초상화가 완성된다. 그러나 마닐로프는 도시의 명사도 아니고 시골의 농부도 아닌, 말하자면 이도 저도 아닌 인물이었다. 대체로 유쾌한 얼굴이었지만 마치 설탕을 친 것 같았으며 호의가 넘치는 표정과 태도였지만, 뭔가 아첨기가 있었다. 처음에는 아주 선량한 사람처럼 보이다가도, 곧이어 정체를 알 수 없게 되는 그런 부류의 사람이었다. 어쨌든 마닐로프에 대한 묘사는 이 정도에서 그치고 다음 이야기를 진행해보자.

치치코프와 마닐로프는 응접실 입구에 서서, 서로 먼저 들어가라고 권하고 있었다.

"제발 제게 너무 마음 쓰지 마십시오. 먼저 들어가십시오."

치치코프가 말했다.

"안 됩니다, 파벨 이바노비치 씨. 당신은 제 손님이십니다."

"너무 신경 쓰지 마시고, 제발 먼저 들어가주십시오."

"아닙니다. 당신처럼 귀하고 반가운 분을 나중에 들어가시게 할 수는 없습니다."

"귀한 사람이라니, 무슨 말씀을! 먼저 들어가시지요."

두 사람은 서로 사양하다가 결국 함께 들어가게 되었고 약간 몸이 낄 수밖에 없었다. 응접실로 들어서자 마닐로프가 유쾌한 미소를 지으며 말했다.

"제 아내를 소개해드리지요. 자, 제 사랑하는 아내입니다. 여긴 파벨 이바노비치 씨."

부인은 그다지 밉상스럽지 않은 용모에 옷차림도 그 용모에 잘 어울렸다. 그녀는 자리에서 일어나 치치코프를 반갑게 맞았다.

인사를 나눈 뒤 부인이 치치코프에게 말했다.

"이이가 당신 이야기를 하도 많이 해서, 이제나저제나 하고 기다렸어요. 그래, 그동안 즐거운 시간을 보내셨나요?"

"더없이 유쾌했습니다. 사교계 분들이 정말 좋으신 분들이더군요."

"지사님은 어떠셨어요?"

부인이 묻자 마닐로프가 불쑥 끼어들었다.

"정말 존경할 만하고 친절하지 않으신가요?"

그러자 치치코프가 말했다.

"말씀하신 대롭니다. 정말 존경스러운 분입니다. 얼마나 명석하게 업무를 처리하시는지! 우리에게 그런 분들이 더 많으면 얼마나 좋겠습니까?"

마닐로프가 맞장구를 쳤고 치치코프도 한껏 지사를 추어올렸다.

이어서 그들은 부지사, 경찰서장, 경찰서장 부인, 지방의회 의장, 우체국장 등 도시의 거의 모든 관료들에 관해 이야기를 나눴다. 그리고 이들은 모두 훌륭한 사람이라는 것으로 귀결됐다.

이후 그들은 이런저런 이야기들을 더 나눈 뒤에 함께 식당으로 갔다. 식당에는 마닐로프의 어린 두 아들이 이미 자리를 잡고 있었고 그들 옆에 가정교사가 함께 앉아 있었다. 치치코프는 아이들에 대한 칭찬을 잊지 않았다.

식사를 마치자 마닐로프는 치치코프를 다시 응접실로 안내하려 했다. 그러자 치치코프가 그에게 뭔가 긴히 상의할 말이 있다고 했다. 그 말을 듣고 마닐로프가 말했다.

"그렇다면 서재로 안내해드리지요."

마닐로프는 푸르스름한 숲이 내다보이는 그다지 크지 않은 방으로 치치코프를 안내했다.

마닐로프가 말했다.

"여기는 저만의 공간입니다."

"정말 쾌적한 방입니다."

치치코프가 칭찬을 표했다.

실제로 방은 아주 쾌적했다. 벽은 회색빛이 감도는 하늘색으로 칠해져 있고, 의자 네 개와 안락의자 하나가 있으며, 탁자 위에는 작은 책과 종이 몇 장, 그리고 무엇보다 담배가 놓여 있었다.

마닐로프는 치치코프에게 안락의자에 앉기를 권했고 치치코프는 몇 번 사양하다가 마지못해 안락의자에 앉았다. 치치코프가 자리에 앉자 마닐로프가 그에게 파이프 담배를 권했지만 그는 "아니, 저는 안 피웁니다"라며 사양했다.

마닐로프가 유감스럽다는 표정으로 상냥하게 말했다.

"아니, 왜 안 피우시지요?"

"습관이 되지 않아서요. 게다가 담배를 피우면 여위게 된다고 해서요."

"실례지만 그건 편견입니다. 저는 파이프 담배가 코담배보다 훨씬 건강에 좋다고 생각합니다. 제가 군대에 있을 때 장교한 명이 있었는데 그야말로 골초였습니다. 식사할 때를 제외하고는 언제고 파이프를 물고 있었으니까요. 그는 마흔이 넘었는데도 지금까지 신의 은총으로 더없이 건강한 몸을 유지하고 있습니다."

치치코프는 이 세상에는 설명할 수 없는 일이 수없이 벌어지는 법이라고 대꾸한 후에 갑자기 나지막이 말했다. 이상하다고 할 만한 말투였으며 그는 그 말을 하면서 뒤를 돌아다보았다.

"뭐 한 가지 여쭤봐도 되겠습니까? 「등록 농노 명부」를 제출하신 지 얼마나 되셨는지요?"

"아주 오래전이라서 기억이 잘 나지 않습니다."

"그 이후 농노가 몇 명이나 죽었는지요?"

"저는 잘 모르겠습니다. 아마 관리인에게 물어야 할 것 같습니다. 이봐! 거기 누구 없나? 가서 관리인 좀 불러와."

곧이어 관리인이 나타났다. 마흔 살 정도의 중늙은이였다. 그에게 마닐로프가 물었다.

"지난번 납세 인구조사 후에 농노가 몇 명이나 죽었지?"

"많이 죽었습니다. 하지만 한번도 세어보지 않아서 정확한 숫자는 모르겠습니다."

그러자 치치코프가 말했다.

"정확한 숫자를 좀 알려주시겠어요? 그리고 하나하나 이름을 적은 「명부」를 작성해주실 수 있겠습니까?"

마닐로프가 관리인에게 치치코프가 시키는 대로 하라고 말하자 관리인은 알았다고 대답한 후 밖으로 나갔다.

"그런데 무슨 이유로 그게 필요하신 거지요?"

마닐로프가 물었다. 그러자 치치코프는 조금 당황한 듯 얼굴을 붉히더니 말했다.

"무슨 이유냐 이거지요? 실은 농노를 사고 싶어서입니다."

"농노를 사시겠다고요? 토지와 함께 사시겠다는 겁니까? 아니면 농노만 사시겠다는 겁니까?"

"아닙니다. 실은 제가 그냥 보통 농노를 사겠다는 게 아닙니다."

치치코프는 약간 뜸을 들인 후에 말을 이었다.

"제가 원하는 것은 죽은 농노입니다."

제2장

33

그 말에 마닐로프는 놀라서 입이 벌어졌다. 물고 있던 파이프가 바닥에 떨어졌는데도 그는 잠시 그렇게 멍하니 있었다. 긴밀한 우정을 나누던 두 사람은 마치 마주 걸린 초상화처럼 상대방 얼굴만 빤히 쳐다보고 있었다. 마닐로프는 치치코프가 농담을 하며 웃음 짓고 있는지 그의 얼굴을 살펴보았다. 그런데 그의 표정은 평소보다 더 진지해 보였다. 마닐로프는 그저 멍한 표정이었다.

그러자 치치코프가 말했다.

"그러니까 실질적으로는 사망했지만 명부상으로는 살아 있는 농노들을 제게 법적으로 양도하실 수 있는지 여쭤보는 겁니다. 아직 7년마다 행하는 새로운 인구조사가 시행되기 전이니까, 명부상으로 살아 있는 농노가 많을 겁니다. 그런데 좀 난처해 보이시는군요."

"제가요? 아, 아닙니다. 다만 무슨 말씀이신지 감을 잡기가 어려워서……."

마닐로프는 혼란스러워서 더는 말을 잇기가 어려웠다.

"그럼 별지장이 없으시다면 제게 죽은 농노들을 판매하시고, 등기수속을 밟으실 수 있으신지요?"

"아니, 죽은 농노들「거래 증서」를 만든다 이 말입니까?"

"아니지요.「등록 농노 명부」에 나와 있듯이 살아 있는 것으로 해두자는 것입니다. 그게 법에도 어긋나지 않는 일이니까요. 저는 법을 너무 엄격히 지켜서 손해를 자주 보는 사람입니다."

치치코프의 마지막 말이 마닐로프를 움직였다.

"그게 법에 어긋나지 않는 일이라면……."

"게다가 나라에도 좋은 일입니다. 합법적으로 조세를 징수할 수 있으니 국고 수입이 늘어날 수 있지요."

마닐로프는 납득하기 어려웠지만 이렇게 대답할 수밖에 없었다.

"그게 나라에도 좋은 일이라면 반대할 이유가 없지요."

"그렇다면 이제 가격을 결정하는 일만 남은 셈이군요."

"가격이라니요? 정말, 당신은 내가 이미 존재 가치를 잃은 농노에 대해 돈을 받을 것으로 생각하셨나요? 그냥 드리겠습니다. 그리고 등기 비용도 제가 대겠습니다."

마닐로프의 말을 들은 치치코프가 흡족한 표정을 지었다는 말을 하지 않고 넘어간다면, 이 이야기를 전하고 있는 이야기꾼은 호된 비난을 면치 못하리라. 치치코프가 아무리 침착한 사람이더라도, 이 대목에서는 기뻐서 폴짝폴짝 뛸 뻔했다는 말을 반드시 해야만 하리라.

마닐로프는 죽은 농노는 쓰레기에 지나지 않는데 이렇게 정리할 기회를 주어서 고맙다는 말까지 덧붙였다. 그러자 치치코프가 두 손을 저으며 말했다.

"쓰레기라니요? 그 쓰레기가 피붙이도 일가도 없는 이 사람에게 얼마나 큰 도움을 주었는지 당신이 아신다면! 아아, 그동안 제가 얼마나 큰 고통과 박해를 받았는지 당신이 아신다면…… 오로지 정의를 지키고 불우한 사람들 곁에 서기 위해서……."

그 말과 함께 그는 손수건을 꺼내어 닭똥같이 뚝뚝 떨어지는 눈물을 닦았다.

마닐로프는 완전히 감동했다. 그는 치치코프의 두 손을 부여잡고 말없이 한동안 그의 눈을 바라보았다.

이렇게 하여 치치코프의 첫 번째 거래는 성사되었다. 작별 인사를 한 후 마차에 오르면서 치치코프는 마닐로프에게 소바케비치 집으로 가는 길을 물었다. 마닐로프는 마부에게 친절하게 길을 일러주었다.

마닐로프는 치치코프와 헤어진 후 새롭게 사귀게 된 친구
와의 우정에 대해 깊이 음미했다. 그리고 그 우정으로 이루어
질 수 있는 일들에 대해 한껏 상상의 나래를 펼쳤다. 그런데
치치코프가 제안한 이상한 거래가 갑자기 그 상상을 막았다.
아무리 이리저리 생각을 해보아도 그의 머리로는 도무지 소
화가 안 되고, 이해가 되지 않았다. 그는 저녁 식사 시간이 될
때까지 내내 의자에 앉아서 파이프를 피워댔다.

제3장

치치코프는 아주 흡족한 기분에 젖어 마차 안에 앉아 있었다. 마부 셀리판은 셀리판대로 기분이 좋아서 말을 신나게 몰았다. 그는 마닐로프 집의 하인들과 어울려 술을 마시곤 얼큰하게 취해 있었다.

그때였다. 하늘에서 갑자기 벼락이 내려치더니 천둥이 울렸다. 자기 생각에 몰두해 있던 치치코프는 천둥소리에 깜짝 놀라 고개를 치켜들었다. 하늘이 온통 먹구름에 뒤덮여 있었다. 이어서 좀 더 가까운 곳에서 천둥이 울리더니 비가 억수같이 퍼붓기 시작했다. 빗방울이 사정없이 마차 안으로도 휘몰아치자 그는 서둘러 가죽 커튼을 내렸다. 가죽 커튼에는 밖을 내다볼 수 있게끔 작은 창문 비슷한 것이 둘 나 있었다.

그는 셀리판에게 말을 좀 더 빨리 몰라고 했다. 셀리판은 주인의 명령대로 말을 힘껏 몰았다. 하지만 술에 취해 있던 그는 마차가 모퉁이를 두 번 돌았는지, 세 번 돌았는지 도무지 기억이 나지 않았다. 고개를 흔들어 정신을 차리고 오던 길을 찬찬히 머릿속으로 더듬어보니 이미 많은 모퉁이가 있었고 그걸 모두 지나쳤음을 깨달았다. 그는, 결정적인 순간이면 곰곰이 잘 따져보지 않고 우선 일부터 저지르고 보는 러시아인답게 에라 모르겠다, 하는 심정으로 냉큼 첫 교차로에서 오른쪽으로 접어들고는 냅다 달리기 시작했다.

길은 말 그대로 엉망진창이었고 말들은 힘겹게 마차를 끌고 있었다. 치치코프는 소바케비치 마을이 너무 오랫동안 보이지 않아 불안해지기 시작했다. 계산했던 대로라면 이미 오래전에 도착했어야 했다. 그는 길 양쪽을 살펴보았지만 어두워서 아무것도 보이지 않았다.

결국, 그는 마차 밖으로 몸을 내밀고 마부에게 큰 소리로 외쳤다.

"셀리판, 좀 둘러봐! 어디 마을이 안 보이는지."

"나리, 아무것도 안 보입니다요."

그때 하늘이 그들을 도왔는지 멀리서 개 짖는 소리가 들렸다. 러시아인 마부란 제대로 보는 데는 약하지만 육감은 좋은 법이다. 그래서 때로는 눈을 감은 채 전속력으로 마차를 몰아도 항상 어딘가에 도착하곤 한다. 셀리판은 지척을 분간할 수 없는 상황에서도 마을을 향하여 말을 똑바로 몰았다.

어느 정도 가니 어두운 가운데서도 무슨 지붕 같은 것이 어렴풋이 보였다. 마차를 멈추게 한 그는 집으로 보이는 곳으로 걸어갔다. 이번에도 귀청이 떨어질 정도로 요란하게 짖어대는 개들 덕분에 그 집 대문을 찾을 수 있었다. 창문을 통해 희미하게 불빛이 흘러나오고 있었다. 그는 대문을 두드렸다.

곧이어 쪽문이 열리더니 농민용 외투로 몸을 감싼 사람이 나타났고, 이어서 나이 든 여자의 쉰 목소리가 들렸다.

"누가 문을 두드리는 거유? 무슨 일로 그러는 거유?"

치치코프가 재빨리 대답했다.

"길 가던 나그네입니다, 아주머니. 이곳에서 하룻밤 묵을 수 있게 해주시겠습니까?"

"맙소사, 어떻게 이렇게 쏘다닐 수 있담! 이런 기막힌 날씨에! 어쨌든 여긴 당신이 묵을 여관이 아니라우. 여긴 지주 마님 집이라우."

"하지만 어쩌란 말입니까? 길도 잃은데다, 이런 날씨에 밖에서 지낼 수는 없지 않습니까?"

그러자 노파가 물었다.

"도대체 댁들은 뉘슈?"

그러자 치치코프가 재빨리 대답했다.

"귀족입니다, 아주머니."

노파에게 귀족이라는 말이 약간 생각해볼 건더기를 준 것 같았다. 그녀가 말했다.

"좀 기다리슈. 주인마님께 말씀드려볼 테니."

약 2분 후 그녀가 등불을 들고 다시 나타나더니 문을 열었다. 마차는 집 안 뜰로 들어서서 그다지 크지 않은 집 앞에 멈추었다. 그러자 다시 한 번 개들이 한껏 목청을 돋워 요란하게 짖어댔다. 한 놈은 마치 그런 식으로 해야 봉급을 받을 수 있다는 듯 고개를 높이 쳐들고 목청을 길게 뽑았고, 다른 한 놈은 교회 종지기처럼 스타카토로 톡톡 끊어지는 소리를 내며 짖어댔다. 그들 사이에서 강아지 한 마리가 소프라노 목소리로 역마차 방울 소리를 냈고, 늙은 개 한 마리는 베이스 소리로 그 모든 소리를 아우르고 있었다. 이 요란한 음악가들은 그 화음으로 이 마을이 상당한 마을이라는 것을 과시하고 있는 것 같았다.

치치코프는 마차가 완전히 멈추기도 전에 현관 계단 위로 뛰어내렸다. 현관 계단 위에 좀 전의 노파보다 젊지만 얼굴은 닮은 여자가 나와 있다가 그를 안으로 안내했다.

그는 방을 둘러보며 기다렸다. 그림과 거울 몇 개와 괘종시계가 걸려 있는 평범한 방이었다. 치치코프는 방을 샅샅이 둘러볼 기운조차 없었다. 마치 눈에 꿀이라도 발라놓은 듯 두 눈꺼풀이 자꾸만 들러붙었다.

얼마 후 지주가 방으로 들어왔다. 상당히 나이가 든 부인으로서 머리에는 급하게 뒤집어쓴 게 분명한 나이트캡이 얹혀 있었고, 목에는 플란넬 수건을 두르고 있었다.

그녀를 보자 치치코프는 우선 이렇게 느닷없이 찾아와 폐를 끼치게 된 것에 대해 사과했다.

"천만에요, 괜찮아요. 이런 날씨에 용케도 여기까지 오셨네요. 웬 바람에 웬 비가 이렇게! 길을 잃을 수밖에 없었겠지요.

뭣 좀 드셔야겠지만 너무 늦은 밤이라 대접해드릴 게 없네요. 죄송해요."

그때 괘종시계가 2시를 알렸다. 치치코프는 잠자리를 제공해주신 것만 해도 감사할 일이다, 다른 아무것도 필요 없으니 신경 쓰지 않으셔도 된다고 말했다. 그리고 다만 자기가 지금 어디에 와 있는지, 여기서 소바케비치 지주의 집까지는 어느 정도 거리인지 알고 싶을 뿐이라고 덧붙였다. 그러자 그녀는 그런 이름은 들어본 적이 없다고 대답했다.

그가 그녀에게 물었다.

"그렇다면 적어도 마닐로프라는 사람은 아시겠지요?"

"아뇨, 몰라요. 그 사람이 누구지요?"

"지주인데요, 부인."

"이곳 지주 중에 그런 사람은 없어요."

이어서 그녀는 이곳 지주들의 이름을 죽 나열하더니 이렇게 덧붙였다.

"이곳에는 수백 명의 농노를 거느린 대지주는 없어요. 대개 20~30명 정도의 농노를 갖고 있을 뿐이에요."

그녀의 말을 듣고 치치코프는 자신이 상당히 외진 곳에 와

제3장

있다는 것을 알 수 있었다. 그가 그녀에게 물었다.

"여기서 도시는 먼가요?"

"한 60킬로미터는 될 거예요."

그녀는 음식 대접을 못 해서 죄송하다고 거듭 사과한 후, 하녀를 불러 치치코프의 잠자리를 챙겨드리라고 지시하고는 밖으로 나갔다. 하녀가 침대를 정리해주자 치치코프는 흠뻑 젖은 옷을 몽땅 벗어 하녀에게 준 다음 하녀가 나가자 알몸으로 침대에 누웠다.

이튿날 치치코프는 늦게야 잠에서 깨어났다. 시계가 10시를 쳤다. 그때 문 사이로 여자의 얼굴이 보이더니 금세 사라졌다. 그가 알몸이었기 때문이다. 그는 어디서 본 것 같은 그 여자가 누구인가 잠시 기억을 더듬었다. 그러고는 그 여자가 바로 이 집의 지주임을 떠올렸다. 그의 옷은 이미 깨끗이 손질된 채 침대 옆에 놓여 있었다. 그는 옷을 입고 거울을 들여다보았다. 이윽고 그는 밖을 내다보았다. 가금류와 가축들 천지였다. 칠면조와 닭 들이 수없이 많았으며 돼지들도 쓰레기 더미에 머리를 처박고 있었다. 텃밭과 과수원 너머로는 농가들이 있었는데 제대로 관리가 잘된 듯했으며 헛간마다 짐마차가 한

두 대씩 있었다. 그는 이곳 여지주 소유의 마을이 작지 않다고 생각하고는 그녀를 친근하게 대하기로 마음먹었다.

치치코프는 문틈으로 여지주가 응접실 탁자 앞에 앉아 있는 것을 엿보고는 방 밖으로 나가 그녀에게 다가갔다.

그를 보자 그녀가 인사를 했다. 그녀는 전날보다 훨씬 곱게 차려입고 있었다.

"안녕하세요? 편히 주무셨어요?"

"푹 잤습니다. 부인도 편히 주무셨는지요?"

"저는 잘 자지 못했어요. 불면증이 있는데다 복숭아뼈가 아파서요."

그녀는 그에게 따뜻한 차를 권했다. 그는 기꺼이 그것을 받아 마셨다.

독자들이 눈치를 챘는지 모르겠지만, 치치코프는 여지주에게 비록 상냥한 태도를 보였으나 마닐로프와 이야기를 나눌 때보다는 훨씬 자유롭고 격식을 차리지도 않았다.

여기서 내가 독자들에게 꼭 강조하고 싶은 게 하나 있다. 우리 러시아인은 여러 가지 면에서 외국인들에게 뒤처질지 모르지만 사람들과 교제하는 능력만큼은 그 어떤 외국인보다

탁월하다는 점이다. 우리 러시아인이 사용하는 대화법의 모든 뉘앙스와 섬세한 차이점을 하나하나 설명하는 것은 불가능하다. 프랑스인이나 독일인은 그 특성과 차이점을 도무지 상상할 수도 없고 평생이 걸려도 이해할 수도 없을 것이다. 외국인들은 백만장자 앞에서건 보잘것없는 담배 장사꾼 앞에서건 거의 같은 톤으로 이야기한다. 물론 백만장자 앞에서는 약간 알랑거리는 모습을 보일 수도 있겠지만…….

하지만 러시아인은 대화 상대가 누구냐에 따라 사람 자체가 완전히 달라진다고 보아도 된다. 우리 러시아인 중에는 농노 200명을 거느린 지주를 대할 때와 300명을 거느린 지주를 대할 때와 전혀 다른 식으로 이야기하고, 500명을 거느린 사람과 이야기할 때는 또 완전히 달라지는 현명한 사람들이 아주 많다. 요컨대, 그 단위가 100만 명까지 올라갈 때까지 각 단계의 지주에게 건네는 말마다 미묘한 차이가 있는 것이다. 대단한 재주라 하지 않을 수 없다.

한 가지 예를 들어보자. 어딘가 관청 사무실이 있고, 그 사무실에 우두머리가 앉아 있다고 가정해보자. 내 당신에게 부탁하노니 그가 충실한 부하들 사이에 앉아 있을 때 그의 모습을 관찰해보라. 아마 당신은 겁에 질려 단 한 마디도 말을 건넬 수 없을 것이다. 그의 표정에 어마어마한 자부심과 우월감이 넘쳐흐르고 있기 때문이다. 그의 모습을 스케치해본다면 그는 영락없는 프로메테우스다. 신에게 반역하고 인간에게 불을 갖다준 그 용감한 프로메테우스! 그는 독수리 같은 눈초리로 주위를 살피며 위엄 있게 걸음을 내디딘다. 하지만 그 독수리가 자기 사무실을 나서서 자기 윗사람을 만나게 되면 바로 그 순간부터 그는 보잘것없는 자고새(鷓鴣새: 꿩과의 새)가 되어 서류를 옆구리에 낀 채 허둥대게 된다. 사교계 파티에서 모든 사람의 직급이 자기보다 낮을 때면 프로메테우스는 여전히 프로메테우스로 남겠지만, 그보다 조금이라도 상급자가 있으면 그는 상상도 못 할 정도로 변신해서 파리, 아니 파리보다 작은 모래로 전락해버린다.

이런 이야기는 이 정도에서 그치고 다시 눈길을 주인공에게로 돌리기로 하자.

치치코프가 여지주와 대화를 나누면서 격식을 완전히 버린 것은 당연한 일이었다. 그는 찻잔을 들어 입으로 가져가면서 말했다.

"부인, 아주 아담하고 멋진 마을을 소유하고 계시는군요. 농노가 몇 명이나 되지요?"

"겨우 80명 정도랍니다. 불행히도 시절이 하 수상해서…… 작년에 수확이 좋지 않아서 많이 잃었답니다."

"하지만 농부들은 아주 튼튼해 보이네요. 부인 성함을 물어봐도 되겠습니까? 어젯밤에는 경황이 없어서…… 워낙 늦은 밤에 온 바람에……."

"코로보치카예요. 나스타샤 페트로브나 코로보치카요. 당신 이름은요? 보아하니 정부 관리이신 것 같은데."

"아니 저는 정부 관리가 아닙니다. 그냥 개인 사업차 돌아다니는 중입니다."

"아, 그러세요? 그럼 중개상인이군요? 아휴, 꿀을 그렇게 헐값에 다른 상인에게 파는 게 아니었는데! 안 그랬으면 당신 같은 분이 제값에 사주셨을 텐데……."

"저는 꿀을 사지는 않습니다."

"그럼 뭘 사시나요? 대마요? 그건 별로 없는데…… 반 포대나 남았을까……."

"아뇨, 부인. 저는 다른 걸 삽니다. 이곳 농노 중 죽은 사람이 많은가요?"

"그럼요. 열여덟 명이나 죽었어요. 정말 대단한 일꾼들이었는데……."

"그들을 제게 넘겨주실 수 있겠습니까?"

"뭘 넘겨달라고요?"

"바로 그 죽은 농노들을 전부 다!"

"대체 그걸 어떻게 넘긴다는 거지요?"

"아주 간단합니다. 그들을 제게 파세요. 대가를 쳐드리겠습니다."

"그들을 팔라고요? 어떻게요? 땅에서 파내기라도 하라는 말씀인가요?"

치치코프는 그녀가 상황 파악을 제대로 못 하고 있음을 깨닫고 설명을 해주어야겠다고 생각했다. 그는 간단하게 서류만 작성하면 될 뿐이고, 죽은 농노들을 살아 있는 것처럼 처리하면 된다고 열심히 설명했다.

그러자 그녀가 눈을 부릅뜨고 그를 쳐다보며 물었다.

"도대체 그걸 어디에 쓰려는 건데요?"

"그건 제가 알아서 할 일입니다."

"하지만 그들은 죽은 농노들이에요."

"누가 그걸 모르나요? 그들이 죽었다는 사실 때문에 부인은 손해를 보고 있지 않습니까? 일은 못 하면서 공연히 계속 세금만 내고…… 제가 당신에게서 세금도 면제해주고, 또 귀찮은 일도 없애주려는 겁니다. 게다가 한 명당 15루블을 얹어주겠다는 겁니다. 자, 이제 납득이 됩니까?"

"글쎄요. 아니, 정말 모르겠어요. 지금까지 죽은 농노를 팔아본 적이 없어서요."

그녀가 머뭇거리며 말했다.

"당연하지요. 당신이 그런 적이 있었다면 정말 이상한 일이지요. 하지만 그 죽은 농노들을 데리고 있어봤자 아무 소용이 없는 건 사실 아닌가요?"

"사실이에요. 정말 이익 되는 건 없어요. 하지만 그 말씀을 드리는 게 아니에요. 도대체 죽은 사람을 어떻게 팔아요?"

치치코프는 마음속으로 '젠장, 정말 돌대가리 할망구로군!'이라고 툴툴거렸다.

"부인, 딴생각 말고 내 말이나 잘 들어봐요. 내가 하자는 대로 하면 세금을 안 내게 된다니까요! 계속 그렇게 쓸데없는 세금을 내다가는 파산할 수도 있어요."

그녀는 생각에 잠겼다. 분명히 손해 볼 일이 없는 장사였다. 하지만 한번도 들어본 적이 없는 이상한 거래라는 게 문제였다. 게다가 한밤중에 불쑥 찾아와 이런 제안을 하다니 어디 속임수라도 있는 게 아닌지 의심스러웠다.

치치코프가 계속 재촉하자 그녀가 말했다.

"하지만 죽은 사람은 팔아본 적이 없어서. 혹시 내가 손해를 보는 것인지도 알 수 없고…… 그들이 더 값이 나가는지도 알 수 없고……."

"아니, 부인! 산 농노가 아니라 죽은 농노를 거래하자는 겁니다! 그들이 무슨 값이 나간다고 그래요!"

"맞아요. 아무짝에도 쓸모없는 게 사실이에요. 하지만 그들이 죽었다는 게 자꾸 마음에 걸려요."

치치코프는 식은땀을 흘리기 시작했다. 완전히 마이동풍이었다. 겨우 제대로 설명했다 싶으면 고무공이 벽에서 튕겨 나오듯 전부 다시 튕겨 나오다니! 그는 방법을 달리하기로 작정했다.

"자, 나는 부인과 말싸움하려는 게 아닙니다. 간단히 생각

제3장

51

하세요. 내가 부인에게 죽은 농노 값으로 15루블을 주겠다는 겁니다. 그것도 현금으로! 자, 여기 돈이 있어요. 이 푸른 지폐가 그냥 부인 것이 되는 겁니다! 아무짝에도 쓸모없는 죽은 농노 대가로!"

그러자 그녀가 말했다.

"그렇긴 하지만 저는 세상 물정을 너무 모르는 사람이라서…… 대마나 꿀은 팔아봤지만 죽은 농노는 팔아본 적이 없어서…… 좀 더 기다려보겠어요. 좀 더 좋은 가격에 사겠다는 사람이 있을 수도 있고, 혹 집안일에 쓸모가 있을 수도 있고……."

드디어 치치코프가 폭발했다.

"아니, 죽은 놈들을 어디다 쓰겠다고! 텃밭에 허수아비로 세워서 참새 쫓는 데 쓰겠다는 겁니까! 정말 말이 안 통하는 늙은이로군!"

그러면서 그는 별생각 없이 덧붙였다.

"에이! 다 틀렸네. 도무지 말이 통해야지. 다른 농산물도 좀 사려 했는데 그만둬야겠소. 나는 관청 납품도 좀 하니까."

그런데 뜻밖의 이 거짓말이 통했다.

"왜 그렇게 화를 내고 그러세요? 당신이 이렇게 성질 급한 분인 줄 알았으면 아예 처음부터 이 이야기를 꺼내지도 않았을 거예요. 어쨌든 그것들을 15루블씩에 넘겨드릴게요. 대신 관청 납품 일도 잊지 말고 잘해주세요. 호밀가루나 메밀가루, 또는 죽은 가축이 필요한 일이 생기면 그땐 저를 잊지 말아주세요."

천신만고 끝에 거래가 성사되었다. 치치코프는 늘 지니고 다니던 상자에서 필요한 서류를 꺼내서 작성한 후 그녀의 서명을 받았다. 그녀가 죽은 농노들의 이름을 정확히 기억하고 있어서 작업은 그다지 어렵지 않았다.

서류 작성이 끝나자 그는 여지주 코로보치카가 대접하는 아침을 먹고 그곳을 떠났다. 여지주는 친절하게도 열 살 정도 되는 계집아이에게 길 안내를 해주라며 함께 마차에 태워 보냈다. 아이는 좀 멍청했지만 어쨌든 길 안내는 제대로 했다. 예컨대 이런 식이었다. 멀리 갈림길이 보이자 셀리판이 채찍을 들고 "오른쪽이 아니냐?"라고 물으면 계집아이는 "아니에요. 제가 일러드릴게요"라고 대답했다. 그런데 마차가 갈림길 가까이 가서 셀리판이 어느 길이냐고 묻자 아이는 오른쪽 길을 손으로 가리키며 "이쪽 길이에요"라고 대답했다. 셀리판은 "제길, 이게 오른쪽이 아니면 뭐냐?"라고 툴툴거렸다.

 길이 워낙 엉망이어서 마차는 정오쯤 되어서야 큰길로 나설 수 있었다. 마차가 큰길에 이르자 아이는 마차에서 내렸다. 치치코프는 아이의 손에 동전 한 닢을 쥐여주었다.

제4장

　　가까운 곳에 주막이 보였고 치치코프는 그곳에 마차를 멈추게 했다. 말도 쉬게 하고 요기도 하기 위해서였다. 검은 목조건물로 약간 규모가 큰 러시아식 농가라고 생각하면 된다. 창문 주변과 지붕 아래에 밝은색 나무로 만든 돌출 장식이 다채로운 모양을 뽐내고 있었고, 덧창에는 꽃병들 그림이 그려져 있었다.

　　좁은 나무 계단을 통해 위로 올라가니 알록달록한 사라사(sarasa: 다섯 가지 빛깔을 이용하여 만든 천) 옷을 입은 뚱뚱한 노파가 그를 맞았다. 홀 안에는 큰길에 들어선 주막에서 흔히 볼 수 있는 물건들이 있었다. 치치코프는 자리를 잡고 앉은 후, 주모에게 새끼 돼지고기를 주문했다. 노파가 음식을 가져오자 치치코프는 언제나 그러하듯이 주모의 신상에 대해 꼬치꼬치 캐물은 뒤, 이 지역의 지주들 이름을 물었다. 그녀가 여러 이름을 나열했고 그중에는 소바케비치라는 이름도 포함되어 있었다. 그가 소바케비치를 아느냐고 묻자 그녀는 소바케비치뿐 아니라 마닐로프도 알고 있으며 마닐로프가 소바케비치보다 교양이 있다는 말도 덧붙였다. 예컨대 마닐로프는 삶은 암탉을 주문하면서 송아지 고기도 곁들이고 양의 간도 달라고 하면서 전부 조금씩 맛만 보는 반면에, 소바케비치는 한 가지 음식만 시키고는 다 먹어치운 후, 덤으로 더 달라고 한다는 것이었다.

그가 노파와 그런 이야기를 나누며 마지막 돼지고기 조각을 입에 넣고 있을 때 마차 멎는 소리가 들렸다. 창문을 통해 밖을 내다보니 멋진 세 필의 말이 끄는 반개 사륜마차가 주막 앞에 멈춰 서는 것이 보였다. 멀찍이 네 마리의 말이 끄는 짐마차가 따라오고 있었다. 마차에서 두 남자가 내렸다. 한 남자는 금발이었고 다른 한 남자는 흑발이었다.

두 남자는 곧이어 계단을 올라 홀 안으로 들어섰다. 홀 안으로 들어온 두 남자 중 흑발의 남자가 치치코프를 보고 반색을 했다. 체격이 딱 벌어진 중키의 남자였다. 무척 혈색이 좋았고 전체적으로 혈기가 왕성해 보였다.

"아니, 이게 누구야? 무슨 바람이 불어 여기까지 오셨나?"

치치코프는 그가 노즈드료프임을 알아보았다. 지방 검사 집에서 단 한 번 점심을 함께 했을 뿐이며, 치치코프가 아무런 빌미를 주지도 않았는데 소개받은 지 몇 분 만에 대뜸 친한 친구처럼 '너'라고 말을 놓았던 사내였다.

노즈드료프는 "어디 갔다 오는 거야?"라고 묻고는 치치코프가 미처 대답도 하기 전에 계속 말을 이었다.

"난 말이야, 장에 갔다 오는 길이야. 노름에서 깨끗이 다 날렸지. 그래서 할 수 없이 저런 형편없는 마차를 타고 오게 된 거야. 젠장! 놈들이 내 마차를 끌고 가버렸으니 도리가 있어야지. 저놈의 형편없는 말들과 짐마차를 좀 보라고! 어쩔 수 없이 도중에 저 친구의 반개 마차를 빌려 타고 오게 된 거지."

그 말과 함께 그는 자신과 함께 올라온 사람을 손가락으로 가리켰다.

"아 참, 둘은 서로 모르지? 내 처남 미주예프야. 우리 둘이 자네 이야기를 많이 했다고. 제길! 내가 얼마나 날린 줄 알아? 멋진 말 네 마리뿐 아니라, 시계, 시곗줄도 다 털렸어. 젠장, 20루블만 더 있었어도 몽땅 다 되찾는 건데…… 3만 루블은 거뜬히 딸 수 있었는데…….”

그러자 금발의 처남이 말했다.

“자형, 전에도 그런 말을 해서 내가 50루블 빌려줬더니 댓바람에 잃어버렸잖아.”

“그땐 내가 좀 잘못 배팅해서 그렇게 된 거야. 이번에는 확실했다고! 그건 그렇고 지금 어디 가는 길이야?”

노즈드료프가 다시 치치코프에게 물었다.

“응, 만날 친구가 있어.”

“뭔 친구? 그게 누구건 내버려두고 대신 우리 집에나 같이 가자고.”

“안 돼. 정말 안 돼. 볼일이 있어.”

“볼일은 무슨 볼일! 아무렇게나 둘러대지 말라고!”

“정말이야, 일이 있어. 아주 중요한 일이야.”

“거짓말! 내기할까? 어디 말해봐. 누굴 만나려는데?”

“소바케비치.”

그러자 노즈드료프가 한바탕 웃음을 터뜨리더니 설탕처럼 하얀 이를 드러내고 볼을 씰룩거리며 계속 웃어댔다. 어찌나 웃음소리가 크고 길게 이어지던지 멀찌감치 세 번째 방에서 잠을 자던 사람이 벌떡 일어나, "뭐야! 정신이 나간 거야?"라고 소리칠 정도였다.

치치코프가 약간 볼멘소리로 물었다.

"뭐가 그리 우스워?"

"미안! 하지만 정말 배꼽이 빠질 정도로 웃겨."

노즈드료프는 한동안 웃음을 멈추지 않더니 말했다.

"거기 가면 조금도 즐겁지 않을 거야. 내가 장담해. 얼마나 구두쇤데. 그 친구 집에 가서 술이라도 한 병 얻어먹을 생각이라면 오산이야. 자, 소바케비치 집에 가는 건 그만두고 우리 집으로 가세. 겨우 5킬로미터밖에 안 돼. 그다음에 소바케비치 집에 가면 되지 않나?"

치치코프는 마지못해 그의 초대를 받아들이고 마차에 올랐다. 치치코프가 탄 마차는 노즈드료프와 그의 처남이 탄 마차와 나란히 달렸다. 그 뒤로 노즈드료프가 빌린 짐마차가 뒤따랐다.

그들 일행이 노즈드료프의 집에 도착하기 전에 독자 여러분에게 노즈드료프에 관한 이야기를 어느 정도 해주어야겠다. 그는 이 서사시에서 절대로 사소한 역할을 맡을 인물로 보이지 않기 때문이다.

그의 얼굴은 러시아인이라면 별로 낯설지 않게 여길 것이다. 수없이 자주 마주칠 만한 생김새였으니 말이다. 그런 생김새의 사람들은 대개 '쾌활한 젊은 녀석'으로 알려져 있다. 그리고 어린 시절 학교 다닐 때부터 좋은 친구라는 평판을 받기도 하지만 바로 그 때문에 종종 혼이 나기도 한다.

그런 사람들 얼굴에는 솔직함과 직설적인 성격이 드러나 보인다. 그들은 사람들과 금세 친해지며 상대방이 주변을 돌아볼 틈도 주지 않고 그와 말을 놓아버린다. 이들은 상대방과 영원한 우정을 나눌 것처럼 친밀감을 보이다가도, 바로 그날 저녁, 이들이 친구가 된 파티 장소에서 곧바로 그 상대방과 싸움을 벌인다. 그들은 언제나 수다스럽고 방탕한 생활을 즐기며, 앞뒤 가리지 않고 무모하게 덤벼들기를 잘하고, 사람들 눈에도 잘 띈다.

노즈드료프가 바로 그런 사람이었다. 그는 이미 서른다섯 살이었지만 노는 데만 정신이 팔려 있다는 의미에서는 채 스물도 안 된 젊은이 같았다. 결혼한 후에도 그의 생활 태도는 전혀 바뀌지 않았지만, 아내가 두 아이를 남기고 세상을 떠나자 그 도가 훨씬 심해졌다. 아이들은 보모에게 완전히 맡겨놓은 채 그는 밖으로만 떠돌았으니, 웬만한 파티 장소, 도박장에서 언제나 그의 얼굴을 볼 수 있었다. 그리고 그가 나타난 곳에서는 언제나 무슨 일인가가 벌어졌다. 그는 툭하면 헌병에게 끌려 나오기도 했고 친구들에게 강제로 쫓겨나기도 했다. 터무니없는 거짓말을 떠들어대기도 했으며, 점잖은 사람과 이야기를 나누다가 면전에서 상대방의 체면을 구겨버리는 이야기를 하기도 했다.

요즘 세상에 그런 사람이 어디 있냐고 말할 사람이 있을지도 모른다. 하지만 그런 사람은 우리 곁에 언제나 있으며 인간 사회에서 결코 사라지는 법은 없다.

얼마 후 마차 세 대는 노즈드료프의 집 앞에 도착했다. 집 안은 한마디로 엉망이었다. 손님을 맞을 준비가 전혀 되어 있지 않은 집이라고 하는 것이 정확할 정도였다. 어쨌든 노즈드료프는 요리사에게 저녁 식사 준비를 시켰다. 치치코프는 이러다가는 5시 전에 식탁에 앉기는 틀렸다고 생각했다.

식사가 준비되는 동안 노즈드료프는 치치코프와 처남 미주
예프에게 농장 구경을 시켜주었다. 그는 마구간을 보여주었
다. 그가 말이 한 마리에 1만 루블이나 한다고 허풍을 떨자 처
남이 기껏해야 1,000루블짜리 말인데 무슨 흰소리냐고 핀잔
을 주었다. 이어서 연못으로 가자 노즈드료프는 이 연못에 두
사람이 끌어내기도 힘든 고기가 살고 있다고 허풍을 떨었으
며, 수없이 많은 개가 있는 사육장, 대장간도 보여주었다.

치치코프가 피곤을 느낄 때쯤 그들은 서재로 돌아왔다. 하
지만 말이 서재였을 뿐 책은 한 권도 없었고 벽에는 장검 한
자루와 총이 두 정 걸려 있을 뿐이었다. 그는 총이 300루블과
800루블짜리라고 허풍을 떨었다. 이어서 그는 서재 한편에 놓
여 있는 오르간을 연주했다.

이들은 5시가 다 되어서야 식탁에 앉았다. 하지만 식사는
노즈드료프 삶에서 그다지 중요한 몫을 차지하고 있는 것 같
지 않았다. 어떤 요리는 바싹 타버렸고 어떤 것은 완전히 설
익어 있었다. 게다가 요리사는 눈에 보이는 음식 재료를 아무
렇게나 넣도록 훈련된 모양이었다. 후추가 보이면 후추를 넣

고, 양배추가 보이면 양배추를 넣고, 우유, 햄, 완두콩을 되는 대로 넣었다. 한마디로 엉망진창이었다. 이어서 노즈드료프는 포도주를 내오게 했는데, 럼주나 보드카를 섞었는지 입이 타들어가는 것 같았다.

식사를 마치자 의자에 앉아 코에 방아를 찧고 있던 처남이 이제 그만 돌아가겠다고 말했다. 노즈드료프는 함께 노름을 해야 한다며 그를 순순히 보내주지 않았다. 그래도 처남이 계속 가겠다고 우기자 노즈드료프는 마누라 곁으로나 돌아가려는 한심한 놈이라 한껏 비웃었고 둘은 미주예프의 아내를 놓고 왈가왈부 논쟁이 벌였다. 어쨌든 노즈드료프의 처남은 매형 곁을 벗어나는 데 성공했다. 그는 비웃는 매형을 뒤로하고 마차에 올랐다.

처남이 떠났지만 노즈드료프는 치치코프와 노름을 할 생각으로 노름 패를 챙겼다. 치치코프는 그런 노즈드료프를 바라보다가 기회를 잡아서 말했다.

"자네에게 부탁이 하나 있네."

"무슨 부탁인데?"

"먼저 들어주겠다는 약속부터 하게."

제4장

63

"좋아. 뭔데?"

"자네에게도 이미 죽었는데도 「등록 농노 명부」에 등록돼 있는 농노들이 많겠지?"

"많지. 그런데 그게 어쨌다는 거야?"

"그것들을 내게 넘겨줄 수 없겠나?"

"그것들을 얻다 쓰려고?"

"그냥 필요해. 내가 좀 쓸 데가 있어."

"아냐, 뭔가 꿍꿍이속이 있어. 어서 털어놓으시지."

"꿍꿍이속은 무슨 꿍꿍이속. 그런 쓸모없는 것들로 뭘 할 수 있다고!"

"글쎄, 그런 쓸모없는 게 왜 필요하냐 이거야."

"아, 꼬치꼬치 캐묻기는! 무슨 쓰레기를 손으로 만져보고 냄새를 맡으려드는 건가?"

"암튼 이유를 말해. 그러기 전에는 어림도 없어."

"아니, 약속까지 해놓고 이럴 건가?"

"약속도 약속 나름이지. 내막도 모르면서 무턱대고 지켜야 하나?"

치치코프는 무슨 말로 둘러댈까 궁리하다 말했다.

"사회적 체면을 세우려는 거야. 영지가 없으니 죽은 농노라도 가지고 싶네."

"거짓말!"

치치코프도 자신의 변명이 구차했음을 인정하고 말했다.

"내 솔직하게 말하지. 다른 사람에게는 말하지 말게. 실은 내가 결혼할 생각이라네. 그런데 상대방 부모가 보통 완강해야지. 300명 이상 농노를 갖고 있지 않으면 사위로 삼지 않겠다는 거야. 하지만 내게는 지금 150명밖에 없어서……."

"거짓말! 그것도 거짓말이야!"

"거짓말이 아니야."

"내 목을 걸고 말하지만 그건 새빨간 거짓말이야!"

"내가 왜 거짓말을 한다는 거지?"

"나는 자네가 사기꾼이라는 걸 잘 알고 있어. 내게 그걸 팔라고? 자네 같은 사기꾼은 별로 값도 쳐주지 않을 거야."

"흥, 자네도 상당하군. 마치 다이아몬드라도 거래하는 것 같아."

"나를 오해하는 모양인데, 난 그렇게 인색한 사람이 아니야. 좋아, 죽은 농노들은 한 푼도 안 받겠어. 대신 내 종마를

사. 그러면 덤으로 죽은 농노들을 붙여주지. 만 루블에 산 종마를 4,000루블에 넘겨주겠어."

"아니, 목장도 없는 내가 종마가 무슨 필요 있단 말인가?"

"그래? 그렇다면 이렇게 하지. 내 개를 한 마리 사게. 그리고 죽은 농노들을 모두 합해줄 테니, 저 사륜마차와 300루블만 내."

"아니, 나는 뭘 타고 가라고? 나에게 개가 무슨 필요 있어? 싫어."

"흥, 이제 자네라는 인간이 어떤 인간인지 잘 알겠군. 그렇다면 나와 노름을 해. 죽은 농노 전부와 개를 걸지. 개가 싫으면 오르간을 걸든가."

하지만 치치코프는 노름을 거절했다. 상대방이 속임수를 쓸 게 뻔하고, 게다가 그는 노름을 별로 좋아하지 않았다.

"정말 상종하기 어려운 친구로군!"

노즈드료프는 툴툴거리더니 할 수 없다는 듯 포기했다. 덩달아 죽은 농노를 사려던 치치코프도 포기할 수밖에 없었다. 둘은 약간 다투기는 했지만 함께 야식을 먹은 후 치치코프는 하인이 마련해준 잠자리에 들었다.

다음 날 아침 식사를 마친 후 노즈드료프가 치치코프에게 또다시 노름을 제안했다.

"어때, 죽은 농노를 전부 걸고 한 판 해보지 않겠나?"

치치코프가 계속 사양하자 노즈드료프는 체스를 한 판 두자고 했다. 치치코프는 체스라면 자신이 있었다. 게다가 아무리 노즈드료프라도 체스에서만큼은 장난을 칠 수 없으리라고 생각하고 응낙했다.

독자 여러분에게 거두절미하고 말씀드린다. 체스는 엉망이 되었다. 체스를 두는 도중에 노즈드료프가 옷소매로 슬쩍 말들을 옮겨놓고, 죽은 말을 다시 판 위에 올려놓는 것을 치치코프가 발견하고는 다시는 그와 체스를 두지 않겠다며 자리에서 벌떡 일어났던 것이다.

이윽고 서로 모욕적인 욕설이 오갔고, 화가 난 노즈드료프가 큰 소리로 하인들을 불렀다.

그러자 곧바로 우락부락한 하인들이 뛰쳐 들어왔다. 일촉즉발의 순간이었다. 하마터면 우리 주인공의 갈비뼈와 어깨, 기타 근육들이 단단히 혼쭐이 날 지경이었다. 치치코프는 각오를 한 채 사색이 되어 있었다.

제4장

67

그때였다. 구세주가 나타났다. 딸랑거리는 종소리가 들리더니 마차 한 대가 안마당으로 들어섰다. 이어서 반군복 스타일의 제복을 입은 사람이 집 안으로 들어왔다. 치치코프가 눈을 질끈 감은 채 자신의 온몸에 벌어질 일을 공포에 질려 기다리고 있던 바로 그 순간이었다.

들어선 사람은 자신을 경찰관이라고 소개한 뒤 노즈드료프에게 다음과 같이 말했다.

"저는 노즈드료프 씨가 폭행죄로 기소되었음을 알리러 왔습니다. 당신은 이번 사건이 종결될 때까지 구속될 것입니다."

그러자 노즈드료프가 물었다.

"도대체 무슨 사건을 말하는 거야?"

"당신은 취중에 지주 막시모프 씨에게 막대기로 폭행을 가한 사건에 연루되었습니다."

"거짓말하지 마! 나는 막시모프라는 지주를 생전 본 적도 없어!"

"이보십시오. 내가 정부 관리라는 것을 꼭 알려드려야겠소? 그런 식의 말투는 내가 아니라 하인에게나 어울릴 것 같은데!"

치치코프는 경찰관 말에 노즈드료프가 무슨 대답을 하는지 들지도 않고, 슬쩍 모자를 집어 든 뒤 경찰관 뒤로 슬그머니 돌아 밖으로 빠져나왔다. 그는 얼른 마차에 오른 후 셀리판에게 어서 마차를 몰라고 명령했다.

제5장

　　　　　치치코프는 위기에서 탈출했음에도
불구하고 겁에 질려 있었다. 그는 노즈드료프의 마을이 멀어
져 보이지 않게 되었지만 마치 추격대라도 쫓아오는 것처럼
자꾸 뒤를 돌아다보았다. 그는 혼잣말을 했다.

　"어휴, 때맞춰 경찰관이 오지 않았더라면 다시는 햇빛을 보
지 못할 뻔했어. 자손도 남기지 못하고 흔적도 없이 사라질 뻔
했잖아."

　그러면서 그는 노즈드료프의 욕을 해댔다.

　마부 셀리판은 셀리판대로 속으로 툴툴거리고 있었다.

　'제길, 염병할 놈의 나리 같으니라고! 저런 나리는 본 적이

없어! 사람에겐 먹을 걸 안 주더라도 말들은 제대로 먹여야 할 것 아니야. 귀리도 안 주고.'

말들도 말들 나름대로 불만이었다고 하면 과장일까? 아니다. 말들은 귀리를 제대로 얻어먹지 못하고 마른 건초만 먹어서 정말로 불만에 차 있었다.

모두 그렇게 나름대로 분노와 불만에 차 있는 중에 목적지인 소바케비치 마을이 나타났다. 치치코프가 보기에 꽤 큰 마을이었다. 자작나무와 소나무 숲이 마치 두 날개처럼 마을 양쪽으로 펼쳐져 있었다. 그리고 그 사이로 건물이 하나 보였다. 척 보기에도 미관보다는 튼튼함에 신경을 쓴 집 같았다. 마당을 둘러싸고 있는 통나무 울타리들도 지나치게 두껍고 견고했으며, 마구간, 헛간, 부엌에 쓰인 통나무들도 수백 년은 견딜 수 있을 것 같았다. 우물조차 선박에나 쓰일 만한 단단한 참나무로 되어 있었다. 한마디로 눈에 들어오는 모든 것이 견고하고 흔들림이 없었지만 그 대신 볼품은 없었다.

곧이어 주인이 나와서 치치코프를 안으로 안내했다. 치치코프가 곁눈질로 소바케비치를 바라보니 마치 중간 정도 크기의 곰 같았다. 마치 그 유사성을 완성이라도 하듯, 소바케비치는 완전히 곰 가죽 색깔의 프록코트와 느슨한 바지를 입고 있었다. 걸을 때도 다리를 엇갈리며 걸어서 영락없는 곰 발걸음이었으며 게다가 함께 가는 사람의 발가락을 끊임없이 밟아댔다. 그의 얼굴빛은 마치 동전처럼 벌겋게 번들거렸다.

사실 그런 종류의 얼굴, 그러니까 자연이 그 얼굴을 디자인할 때 별 섬세한 생각도 하지 않고 대충 그려버린 얼굴, 그 형상들의 틀을 잡을 때 끌이나 작은 송곳 같은 것을 전혀 사용하지 않은 얼굴을 우리는 자주 만날 수 있다. 도끼를 한 번 내리쳐서 코가 생기고, 도끼를 한 번 더 사용하면 입술이 생기고, 커다란 송곳으로 단 한 번에 눈을 후벼 판 후 대패질도 한번 하지 않은 채 "자, 여기에 또 하나의 생명이 있도다!"라고 세상에 팽개쳐놓은 인물! 소바케비치가 바로 그렇게 마구 튼튼하게만 엮어놓은 것 같은 인물이었다.

응접실로 들어서자 그는 치치코프에게 앉으라고 권했다. 응접실 벽에는 그리스의 영웅들 그림이 걸려 있었다. 역시 건장하고 튼튼한 사람들이었다.

얼마 후 그의 부인이 들어왔다. 정말로 키가 컸으며 마치 야자수처럼 고개를 빳빳이 들고 있었다. 소바케비치가 치치코프에게 부인을 소개했다.

"제 아내 페오둘리야 이바노브나입니다. 여보, 이분은 파벨 이바노비치 치치코프란 분이야. 지사와 우체국장 댁에서 인사를 나누었지."

그녀도 자리에 앉았고 거의 5분 정도 침묵이 흘렀다. 치치코프는 집주인과 너무나 닮은, 튼튼하고 볼품없는 방 안의 가구와 장식 들을 둘러보았다.

아무도 말이 없자 치치코프가 먼저 입을 열었다.

"지방의회 의장 댁에서 당신 이야기를 나누었지요. 지난 목요일에 말입니다. 아주 즐거운 시간을 보냈습니다."

"그렇군, 나는 그때 의장 집에 가지 않았지요."

소바케비치가 대답했다.

"참 멋진 분이시더군요."

"누가요?"

"의장님 말씀입니다."

"그래요? 그렇게 보여요? 사실은 프리메이슨(Freemason: 인도주의적 박애주의를 지향하는 세계적인 비밀결사단체)인데다 세상에 둘도 없는 바보지요."

치치코프는 좀 머쓱했지만 다시 말을 이었다.

"누구나 그런 약점은 있지요. 하지만 지사님은 정말 훌륭한 분이시더군요."

"누가요? 지사가요? 세상에 그런 불한당도 없어요."

치치코프는 지사가 어떻게 불한당에 낄 수 있는지 알 수가 없었다. 이어지는 대화도 마찬가지였다. 소바케비치에 의해 경찰서장은 사기꾼이 되었고, 지방 검사는 돼지가 되었다. 그가 그 누구에 대해서건 험담을 한다는 것을 알고 치치코프는 더는 다른 사람들 이야기는 꺼내지 않았다.

소바케비치의 아내가 식사가 준비되었을 것이라고 하자 모두 식당으로 갔다. 이어서 양배추 수프, 메밀 죽, 골수, 버섯 줄기를 양의 위장에 채운 만두, 양 넓적다리 고기 들이 나왔다. 소바케비치는 정말 식욕이 왕성했다. 양고기를 뼈까지 쪽쪽 빨아 먹은 후에 그가 말했다.

"우리는 돼지건 양이건 식탁에 통째로 올려요. 음식은 영혼이 배부를 때까지 먹는 게 최고요. 나는 저 플류시킨 같은 자와는 달라요. 그자는 농노를 800명이나 거느리고 있으면서 내 목동들보다도 못살고 못 먹는다니까."

치치코프는 귀가 솔깃했다. 농노 800명이라!

"플류시킨은 어떤 사람이지요?"

"사기꾼이오. 상상할 수도 없을 정도로 구두쇠지. 감방의 죄수도 그보다는 풍족하게 살 거요. 자기 마을 사람들을 다 굶겨 죽였다니까."

"설마 그럴 리가요. 헌데 여기서 먼가요?"

"5킬로미터 정도요."

"5킬로미터요? 헌데 당신 집 밖으로 나가서 왼쪽 길로 가야 하나요, 아니면 오른쪽 길로 가야 하나요?"

"그런 개 같은 놈에게 가는 길은 가르쳐줄 수 없소."

치치코프는 나중에 알아서 하기로 마음먹고 더 이상 묻지 않았다.

양 넓적다리 요리에 이어 과자가 나오고 이어서 정체불명의 음식들로 안을 가득 채운, 키가 송아지만 한 타조 요리가 나왔다. 점심 식사를 끝내고 자리에서 일어날 때 치치코프는 체중이 10킬로그램 이상은 불어난 것 같았다.

응접실로 다시 돌아와 소파에 앉자 치치코프가 소바케비치에게 말했다.

"당신과 일에 관해 이야기를 좀 하고 싶습니다."

그의 부인이 들어와 디저트를 권했지만 소바케비치는 나중에 먹겠다고 물린 후, 어서 말해보라는 눈짓을 치치코프에게 보냈다.

치치코프는 좀 거창한 이야기부터 시작했다. 그는 러시아 국가 전반에 대한 자신의 견해를 피력한 후 그 광활함에 대해 입에 침이 마르도록 칭찬했다. 이어서 농노제도에 대해서, 농노가 죽은 후에도 다음 인구조사 때까지 여전히 산 사람 취급을 하는 건 공무원들의 부담을 덜고, 복잡한 국가의 일을 어느 정도 단순화시키기 위해 불가피한 일이라고 열심히 말했다. 소바케비치는 묵묵히 고개를 숙인 채 듣고 있을 뿐이었다.

이어서 치치코프는, '그 제도가 불가피한 것은 알겠지만 때로는 지주들에게 큰 부담이 되는 것도 사실인데, 그것은 살아 있는 농노와 마찬가지로 세금을 내야 하기 때문'이라고 말했다. 이어서 그는 소바케비치를 평소 존경해왔기에 그 부담을 조금이라도 덜어줄 각오가 되어 있다고 아주 조심스럽게 말했다. 그는 그런 농노들을 '죽은 농노'라고 표현하지 않고 '존재하지 않는 농노'라고 표현했다.

치치코프의 말이 끝날 때까지 소바케비치는 묵묵히 듣고 있었다. 무슨 표정 변화라도 보였으면 좋으련만 꿈쩍도 하지 않았다.

치치코프는 어떤 대답이 나올까 궁금해서 약간 흥분한 어조로 물었다.

"자, 어떠세요?"

그러자 소바케비치가 "그러니까, 죽은 농노가 필요하다 이거로군"이라고 전혀 놀라는 기색 없이 아주 짧게 말했다. 마치 빵에 관해 이야기하는 것 같았다.

치치코프는 그렇다고 짧게 대답하면서 죽은 농노라는 표현을 다시 존재하지 않는 농노로 완곡하게 표현했다.

"내게도 있지. 없을 리가 있겠소."

"만일 있으시다면 그 부담에서 벗어나고 싶으시겠지요?"

"좋소, 내게는 그걸 팔 의향이 있소."

치치코프는 속으로 생각했다.

'제길! 내가 채 말도 꺼내기 전에 자기가 먼저 팔겠다고 나서네.'

치치코프가 말했다.

"파시겠다면, 가격은 어느 정도를? 하기야 이런 식으로 가격을 말하기가 좀 어려운 상품이라서……."

"우리 사이에 깎고 어쩌고 흥정할 수는 없으니, 두당 딱 100루블로 하겠소."

소바케비치가 말했다.

"100루블이라니요?"

치치코프가 입을 떡 벌린 채 상대방의 눈을 똑바로 쳐다보며 말했다.

"아무래도 제가 잘못 들은 것 같습니다. 아니면 우리가 뭔가 다른 물품 이야기를 하고 있던가. 저는 죽은 사람을 사려는 겁니다. 두당 80코페이카면 잘 쳐드리는 겁니다."

"뭐요? 80코페이카? 내가 뭐 짚신이라도 파는 건가? 아니당신은 등록 농노를 단돈 80코페이카에 사겠다는 거요?"

"네? 등록 농노라니요? 그 농노들은 벌써 오래전에 죽었고, 남아 있는 건 이름뿐인데요? 자, 더 이상 왈가왈부하지 말고 1루블 50코페이카씩 쳐드리겠습니다. 그 이상은 절대로 안됩니다."

"어허, 정말 그 농노들이 누군지 몰라서 하는 소리요. 딴 사

람이라면 내가 속일 수도 있지만 당신이라서 정직하게 말하
는 거라니까.”

그런 후 소바케비치는 죽은 농노들 이름을 나열하며 그들
이 얼마나 유능한 농노들인지 죽 늘어놓기 시작했다. 누구는
마차를 만드는 데 일류였으며, 누구는 힘이 장사인데다 목수
일을 뛰어나게 잘했고, 또 누구는 훌륭한 벽돌공으로서 난로
놓는 일을 잘했다는 둥 청산유수로 늘어놓았다. 그 밖에 구두
장이, 뛰어난 장사꾼들의 이름이 줄줄이 흘러나왔다. 그들이
모두 죽은 사람 아니냐고 중간에 멈추게 하고 싶었지만 하도
폭포수처럼 말이 흘러나오는 바람에 가만히 듣고 있는 수밖
에 없었다.

그의 말이 끝나자 치치코프는 겨우 입을 열었다.

“하지만 그들은 모두 죽었지 않습니까?”

“그렇지. 죽었지.”

그 말을 듣고 치치코프는 ‘소바케비치가 겨우 정신을 차렸
나보다’라고 생각했다. 하지만 소바케비치의 입에서 나온 다
음 말을 듣고 그는 어안이 벙벙할 수밖에 없었다.

“하지만 그런 사람들은 어디에서도 못 구할 거요. 저기 저

그림 속의 장군들 같은 인물들이었다니까. 정말 힘이 장사였다고."

치치코프는 더 이상 왈가왈부하기 싫어 딱 잘라 말했다.

"좋습니다. 2루블로 하지요. 더 이상은 안 됩니다."

"이건 마치 내가 터무니없는 가격을 부르고 우기는 것 같군. 자, 농노 한 명당 75루블로 합시다. 그 이하는 안 돼요."

그러자 치치코프가 말했다.

"이거 우리가 무슨 코미디 연극을 하고 있는 것 같군요. 이 물건은 정말 아무 값어치도 없는 물건입니다. 그게 값이 나가면 얼마나 나간다고 이러세요? 대체 누가 그런 걸 원하겠습니까?"

"당신에게 쓸모가 있지 않소? 그렇지 않다면 당신이 왜 사려고 하는 거요? 당신은 그 농노들을 필요로 하는 거고, 나는 당신에게 파는 거요. 그걸 사지 않으면 당신만 후회하게 될 거 아니요?"

"그래서 2루블 드리겠다는 것 아닙니까."

"글쎄, 그렇게 숫자 2에 집착하지 말고 거기에 조금 더 얹으라니까."

"좋습니다. 반 루블 더 얹어드리지요. 2루블 50코페이카!"

"좋아요. 나도 마지막 조건이요. 50루블!"

"아니, 다른 데 가면 거저 얻듯이 살 수 있는 걸 왜 그 값에! 누구나 세금에서 벗어나려고 내게 넘기려고 할 겁니다. 바보들이나 그걸 붙잡고 있는 거지."

"하지만, 내가 우정을 생각해서 하는 소린데, 그런 거래는 불법이란 걸 모르시나요? 내가 입만 벙긋해도 일이 어긋날 텐데."

치치코프는 '이런 사기꾼!'이라고 속으로 욕하면서 차갑게 내뱉었다.

"어쨌든 2루블 50코페이카로 안 된다면 이 거래는 없던 걸로 하겠소."

"그럼 30루블."

"파실 생각이 없으신 것 같으니 이만 가보겠습니다. 자, 안녕히 계십시오."

소바케비치는 25루블, 10루블, 5루블로 가격을 내리다가 3루블까지 불렀지만 치치코프는 2루블 반 이상은 안 된다고 버텼고 결국 그 가격에 거래가 성사되었다. 그리고 다음 날 둘이 함께 시내로 가서 매매 확정 절차를 밟기로 했다. 이어서 치치코프가 거래할 농노 목록을 소바케비치에게 요구했고 소바케비치는 책상에 앉아 농노의 이름은 물론 장점까지 빼놓지 않고 적기 시작했다.

치치코프는 선불을 요구하는 소바케비치에게 25루블을 건네주고 영수증을 받은 후, 속으로 '이런 탐욕스런 부농 놈 같으니!'라고 욕을 하면서 밖으로 나와 마차에 올랐다. 마차가 마을 끝자락까지 왔을 때 그는 한 농부에게 플류시킨의 마을로 가는 길을 물었다.

제6장

치치코프의 마차는 얼마 안 되어 플
류시킨의 마을로 들어섰다. 그는 마을로 들어서자마자 어떤
쇠락의 기운을 느꼈다. 오두막의 통나무들은 시커멓게 낡았
고, 지붕에는 온통 여기저기 구멍이 나 있으며 심지어 갈비뼈
모양의 막대기만 얼기설기 남아 있는 지붕들도 보였다. 마치
집주인들이 어차피 비가 오면 지붕이 비를 막아주지도 못하
니 주막이나 큰길에서 지내면 되고, 맑은 날씨에는 빗방울도
안 떨어지니 차라리 다 뜯어내는 게 낫다고 현명하기 이를 데
없는 판단을 내린 것 같았다. 오두막들 뒤로는 거대한 낟가리
들이 열을 지어 서 있었는데 아무리 봐도 오랫동안 그대로 방

치된 것 같았다.

한참을 더 가니 외진 곳에 건물이 한 채 보였다. 그는 그 건물 앞에서 하녀장처럼 보이는 여자를 발견했다. 입은 옷이 하도 거칠고 더러워서 남자인지 여자인지 구분하기도 힘들었지만 그가 다른 농부와 이야기 나누는 목소리를 들으니 여자인 것 같았다.

치치코프는 마차에서 내리면서 그녀에게 말했다.

"이봐요, 아주머니. 집주인은?"

"집에 안 계십니다. 무슨 일이지요?"

"긴히 볼일이 있어서요."

"그럼 안으로 들어가서 기다리세요."

하녀장은 등을 보이며 말했다. 그녀의 등은 온통 밀가루 범벅이었고 아래쪽에는 커다란 구멍이 나 있었다.

치치코프가 안으로 들어가니 마치 무덤 안으로 들어선 것처럼 냉기가 확 풍겼다. 복도는 어느 문 아래 열린 틈으로 들어오는 빛 덕분에 겨우 희미하게 밝혀져 있을 뿐 역시 무덤 안처럼 어두컴컴했다. 그는 복도를 지나 어느 문 앞으로 갔다. 그리고 그 문을 열고 안으로 들어갔다. 방으로 들어선 순간 그는 눈앞에 펼쳐진 모습에 경악을 금할 수 없었다. 말 그대로 난장판이었다. 마치 온 집 안이 바닥 대청소를 하고 있어서 모든 물건을 이곳에 쌓아놓은 것 같았다. 도무지 이 방 안에 있는 물건들을 묘사하기 힘들 정도였다. 탁자 위에 망가진 의자가 놓여 있었고, 이미 추가 멈춰 서서 거미줄이 쳐진 시계, 온갖 식기들이 놓인 채 벽에 비스듬히 기대어놓은 찬장, 온갖 잡동사니가 쌓여 있는 사무용 책상 등…… 어디 그뿐인가? 파리가 죽은 채 빠져 있는 술잔, 어디선가 주워온 것 같은 걸레 조각들, 잉크가 말라버린 펜촉들, 누렇게 변한 칫솔들이 책상 위에 마구 놓여 뒹굴고 있었다.

벽에 걸린 그림도 천장의 샹들리에도 더럽기 그지없었고 방바닥 구석에는 좀 더 지저분한 것들이 잔뜩 쌓여 있었는데, 먼지가 하도 수북이 덮여 있어서 무엇인지 분간조차 할 수 없었다.

그때 옆문이 열리면서 좀 전에 밖에서 보았던 하녀장이 들어왔다. 그런데 치치코프는 그 사람이 여자가 아님을 알 수 있었다. 여자라면 수염을 깎을 수는 없는 노릇 아닌가? 그런데 그 사람 턱에는 면도한 자국이 선명했다. 치치코프는 그가 하인장이라고 생각하고 물었다.

"주인이 집 안에 계신가?"

"그렇소이다."

"어디 계시는데?"

"이보시오, 당신 눈이 멀었소? 주인은 바로 나요."

치치코프는 자신도 모르게 뒷걸음질을 치며 그를 뚫어져라 바라보았다. 그는 온갖 부류의 사람들을 만났고, 나나 독자가 만나보지 못한 사람들도 만났었다. 그러나 그런 그에게도 그 사람은 정말 별난 사람이었으며 처음 보는 사람이었다. 얼굴이 유달리 이상하게 생긴 것은 아니었다. 보통 노인과 비슷한 얼굴이었지만 턱이 유난히 튀어나와 있어 침을 뱉을 때마다 턱에 침이 묻지 않도록 손수건을 대야만 할 정도였다. 조그마한 눈은 아직 생기를 잃지 않았지만 쉴 새 없이 사방을 두리번거렸다. 마치 쥐가 쥐구멍에 숨은 채 어디 고양이가 없는지 공기 냄새까지 의심스러워하며 사방을 살피는 것과 같았다.

하지만 그가 별난 사람이라는 느낌을 주는 것은 그런 외모보다는 차라리 옷차림이었다. 그가 도대체 무슨 천으로 만든 옷을 입고 있는 것인지 아무리 애를 써봐도 알아낼 수 없었다.

소맷자락 위쪽은 너무 기름에 절어 마치 장화의 가죽 같았다. 옷자락 뒤는 넷으로 갈라져 너덜너덜했으며 목에는 양말도, 양말대님도 아니고 그렇다고 넥타이는 절대로 아닌 것을 두르고 있었다. 만일 치치코프가 그런 몰골을 한 사람을 교회 앞에서 만났더라면 분명 한 푼 적선했을 것이다. 우리 주인공의 명예를 위해 하는 말이지만 그는 그 정도의 동정심은 가진 사람이었다.

하지만 그의 앞에 서 있는 사람은 거지가 아니라 지주였다. 그것도 1,000명의 농노를 거느린 지주였다. 그런데 이런 몰골이라니! 실제로 그의 창고에는 수많은 곡물, 목면, 양 모피 들이 쌓여 있고 온갖 목재와 한 번도 쓰지 않은 식기들이 잔뜩 쌓여 있었다. 그곳에 쌓아놓은 온갖 목재들은 지금 그가 지니고 있는 영지 전체를 위해 쓴다 해도 남을 정도였다.

하지만 그는 그것으로 만족하지 않았다. 그는 매일 자기 마을 거리 구석구석을 훑고 다니며 눈에 들어오는 건 무엇이든, 그것이 아무리 하찮은 것이라도 갖다 쌓아놓았다. 낡은 구두창이건, 누더기건, 못이건, 깨진 도자기건 그는 어떤 것도 마다하지 않았다. 그리고 그것들을 끌고 와 치치코프가 아연해

했던 그 방 쓰레기 더미 위에 쌓아놓았다.

농부들은 마을을 훑고 다니는 그의 모습을 보면 "아, 어부께서 낚시질을 나서셨군"이라고 비웃으며 소곤거렸다. 실제로 그가 한번 지나가면 거리를 청소할 필요가 전혀 없었다. 게다가 그는 자기 방에서도 보이는 것은 아무리 작은 것이라도 무조건 집어 들어 책상 위에 두었다.

그런 그도 건전하게 절약하는 검소한 주인이었던 때가 있었다. 다만 함께 살림을 돌보던 착한 아내가 세상을 떠나자 모든 것이 변한 것이다. 그는 홀아비가 대개 그렇듯 점점 더 의심이 많아지고 노랑이가 되었다. 게다가 큰딸이 군인과 눈이 맞아 집을 나가고, 아들은 입대하고 막내딸이 병으로 죽게 되자 그 증세는 더 심해졌다.

이미 몇 분 동안 플류시킨은 말없이 서 있었다. 치치코프 역시 주인과 방 모습에 놀란 나머지 감히 대화를 시작할 엄두를 내지 못하고 있었다. 그는 자기가 찾아온 목적을 이루기 위해 어떻게 말을 시작해야 할지 갈피를 잡을 수 없었다. 그는, 플류시킨의 선행과 보기 드문 성품에 대해 익히 들은 바 있다,

이렇게 개인적으로 만나 뵙고 존경을 표하게 되어 정말 다행이라는 말부터 시작하려고 마음먹었었다. 하지만 그건 아무래도 억지이며 지나친 찬사 같았고 역효과가 날 것 같았다. 그는 곁눈질로 방에 널린 잡동사니들을 흘낏 바라보았다. 그리고 '선행'과 '보기 드문 성품'이라는 표현을 '절약'과 '질서'로 바꾸는 게 효과적이라고 생각했다. 그는 플류시킨이 얼마나 검소한지, 그가 얼마나 질서 있게 농장을 경영하는지에 대한 명성을 듣고 친하게 지내고 싶고 경의도 표하고 싶어 찾아오게 되었다고 말했다.

플류시킨은 이빨이 없는 입으로 뭔가 우물거렸다. 아마 경의 따위는 집어치우라고 말했을 것이다. 하지만 손님을 환대하는 것은 러시아에서는 일종의 엄격한 규율 같은 것이어서 아무리 구두쇠인 플류시킨이라 할지라도 앉으라고 권할 수밖에 없었다.

그런 후 플류시킨이 말했다.

"난 찾아오는 손님이 없소. 게다가 부엌이 더럽고 굴뚝이 부서져서 불을 땔 수도 없소."

치치코프는 소바케비치 집에서 실컷 먹고 오기를 다행이라고 생각했다. 어쨌든 그는 말문을 트기 위해 슬며시 용건을 꺼냈다.

"하지만 1,000명 이상의 농노를 가지고 계시다던데요."

"누가 그런 소리를! 분명히 당신을 놀리려고 그런 황당한 소리를 한 걸 거요. 어디 직접 세어보시지? 세어볼 정도도 못 될 거요. 최근 3년 동안 열병 때문에 몽땅 죽어버렸거든."

치치코프는 안됐다는 표정을 지으며 말했다.

"저런, 많이 죽었습니까?"

"그렇소. 몽땅 죽었소."

"실례지만 몇 명이나 죽었습니까?"

"80명쯤."

"헉, 정말입니까?"

치치코프의 눈이 번쩍 뜨였다.

"지난번 농노 조사할 때부터 치면 120명이지."

치치코프는 이 구두쇠의 약점을 그대로 이용하기로 마음먹었다. 그는 진정으로 동정한다며 당신같이 훌륭한 사람이 죽은 농노의 인두세를 부담하게 두는 건 도리가 아니다, 자신이 인두세 지급 의무를 떠맡을 생각이 있다고 솔직하게 용건을 말했다.

이번에는 플류시킨의 눈이 번쩍 뜨였다.

"정말이오? 이 불쌍한 늙은이를 위해 그렇게 해주겠다는 거요? 당신은 정말 구세주요."

하지만 순간 플류시킨의 표정이 바뀌었다.

"말은 고맙소. 그렇다면 그 인두세를 당신이 내게 주겠다는 거요? 아니면 직접 세금을 내겠다는 거요?"

"다 복잡하니 일을 간단하게 처리하지요. 그들이 모두 살아 있는 것으로 하고, 그 죽은 농노들을 제게 파시는 걸로 해서 등기를 옮겨놓지요."

"하지만 등기를 옮기려면 돈이 들거든."

치치코프는 등기 비용도 자신이 기꺼이 내겠다고 했다.

그렇게 거래가 성사되었다. 게다가 플류시킨은 치치코프에게 달아난 농노도 사지 않겠느냐고 물었다.

"아니, 달아난 농노도 있습니까?"

치치코프가 속으로 환호성을 지르며 되물었다.

"있소. 한 70명쯤 될 거요. 그놈들을 사려면 돈이 꽤 들 텐데…… 아마 500루블씩 내고 사겠다는 사람이 있을 거요."

그러자 치치코프가 열심히 설명했다. 그런 사람은 절대로 없을 것이다, 그 문제를 처리하는 데 비용이 많이 들 것이며, 재판정에 들락날락하는 등 골치 아픈 일이 많이 생길 것이다, 하지만 자기는 플류시킨을 생각해서 얼마쯤 값을 쳐줄 수도 있다고 말했다.

"그래 얼마 내시겠소?"

"글쎄요, 한 사람당 25코페이카씩 내겠습니다."

"현금으로 사겠다는 거요?"

"그렇습니다."

"그렇다면 가난한 내 처지를 생각해서 40코페이카씩 쳐줄 수는 없소?"

"제 생각대로라면 40코페이카가 아니라 50코페이카, 아니 500루블씩이라도 쳐드리고 싶습니다. 하지만 제게 그만한 돈이 있겠습니까? 한 사람당 30코페이카로 하시지요."

"그러지 말고 2코페이카씩 덧붙여주면 안 되겠소?"

"좋습니다. 달아난 농노가 몇 명입니까?"

"모두 78명이오."

치치코프는 계산을 한 후 24루블 96코페이카를 세어서 플류시킨에게 주었다.

서류 정리가 끝난 후 치치코프는 차를 마시고 가라는 플류시킨의 권유를 마다하고 그 집을 나섰다. 치치코프는 더없이 유쾌한 기분이었다. 이런 뜻밖의 선물을 받게 되다니! 죽은 농노뿐 아니라 달아난 농노까지 합하면 200명 아닌가!

그는 여관으로 돌아온 후 기분 좋게 잠자리에 들었다.

제7장

치치코프는 잠에서 깨어 팔다리를 쭉 뻗치며 잠을 푹 잤다고 느꼈다. 그는 얼마간 똑바로 누워 있다가 갑자기 손뼉을 탁 치며 자신이 이제 400명 가까운 농노를 거느리게 되었다는 사실을 상기했다. 그는 자리를 박차고 일어나 자그마한 상자를 열고 그 속에서 서류를 꺼냈다. 모든 것을 신속히 처리하고 싶었던 것이다. 그는 말단 관리에게 급행료를 주지 않기 위해, 자신이 직접 「매매 증서」를 작성하기로 작정했다. 「증서」를 작성하는 데 두 시간이 걸렸다. 서류 작성이 끝난 뒤 죽은 농노들의 명부를 보면서 그는 자기 자신도 이해하기 어려운 감정에 사로잡혔다. 각자 독특한 이름을 한 그 농노들의 이름처럼 그들이 지녔던 독특한 성격들이 하나하나 떠올랐던 것이다.

코로보치카 소유였던 농노들의 이름에는 대부분 부가적인 설명과 별칭이 붙어 있었다. 플류시킨의 명부에 적힌 이름들은 대개가 음절이 짧았으며 소바케비치의 명부에는 농노의 특징까지 상세하게 적혀 있었다. 어느 농노에 대해서는 '훌륭한 목수'라는 설명이 덧붙었고, 어느 농노에 대해서는 '일을 잘 이해하고 술을 입에 대지 않음'이라고 적혀 있었다. 게다가 그의 아버지와 어머니의 이름, 심지어 그들 부모의 성품까지 소상히 적혀 있었다. 그는 농노들의 이름을 바라보면서 한숨을 내쉬며 말했다.

"이보게들, 여기 이렇게 빽빽하게 다 모여 있군그래. 자네들은 평생 어떻게 지냈는가? 모두 어떻게 살아왔는가?"

치치코프는 유난히 긴 이름의 표트르 사벨리에프 니우바자이 코리토라는 농노의 이름 앞에서 무심코 눈길을 멈추었다. 그는 여지주 코로보치카 소유의 농부였다.

"햐, 이름이 길기도 하군. 이보게, 자네는 어떤 사람이었나? 장인이었나, 아니면 그냥 농부였나? 자네는 어쩌다 죽은 건가? 주막에서 술을 마시다 죽은 건가, 아니면 짐마차가 자네를 깔고 지나간 건가?"

그는 농노들 이름을 하나씩 하나씩 발음하며 그들이 살아왔을 삶, 그들이 맞이했던 죽음을 상상하며 그들 하나하나에 말을 건넸다. 그러다가 그는 갑자기 정신을 차렸다.

"이런 벌써 12시네. 할 일이 태산 같은데 무슨 쓸데없는 생각을 하면서 꾸물거리고 있단 말인가!"

그는 갈색 양복지를 덧댄 곰 가죽 외투를 걸친 후 향수를 뿌린 다음 겨드랑이에 문서를 낀 채 여관을 나서서 법원으로 향했다. 그는 법원장과 친한 사이였기에, 늦는 것은 별로 걱정거리가 아니었다. 하지만 치치코프는 한시라도 빨리 이 일을 마무리하고 싶었다. 그러기 전까지는 무언가 불안했고 초조했던 것이다.

법원으로 가는 도중에 치치코프는 마닐로프를 만났고 둘은 함께 법원으로 향했다. 법원은 하얀 3층 석조 건물이었다. 치치코프와 마닐로프는 젊은 두 관리가 앉아 있는 책상 앞으로 가서 물었다.

"저, 실례하겠습니다. 농노 매매 업무를 담당하는 곳이 어디인지 가르쳐주시겠습니까?"

하지만 두 관리는 그들을 거들떠보지도 않고 딴청만 했다. 치치코프가 재차 묻자 그중 한 명이 손가락으로 방 한구석을 가리켰다. 그곳 책상에는 한 노인이 앉아 있었다. 둘은 그 노인 앞으로 가서 물었다.

"여기가 농노 매매 업무 담당 부서인가요?"

그러자 노인이 고개를 들더니 띄엄띄엄 말했다.

"그 일은 매매 증서과에서 봅니다."

"그 일은 누가 담당하나요?'

"이반 안토노비치 소관입니다."

"그는 어디 있습니까?"

노인이 손가락으로 다른 쪽 구석을 가리켰다. 치치코프와 마닐로프는 이반 안토노비치 앞으로 다가갔다.

"저, 말씀 좀 묻겠는데요. 이곳이 농노 매매 업무를 보는 곳입니까?"

하지만 이반 안토노비치는 못 들은 척 자기가 작성하던 문서에 몰두해 있었다.

치치코프가 다시 똑같이 묻자 그제야 안토노비치는 고개를 들고 그렇다고 대답했다.

그러자 치치코프가 말했다.

"제가 용무가 있어서 왔습니다. 제가 이곳 여러 지주로부터 농노들을 구입했습니다. 명단은 가져왔고 등기수속만 하면 됩니다."

"그럼 판 사람들도 왔습니까?"

"몇 명은 왔고 나머지 사람들은 「위임장」을 가져왔습니다. 오늘 안으로 일을 마쳤으면 합니다."

"오늘이요? 안 됩니다. 법률 위반 사항이 없는지 심의를 거쳐야 합니다."

치치코프는 호주머니에서 지폐를 꺼내 이반 안토노비치에게 내밀며 말했다.

"일을 서둘러 끝내고 싶은데…… 법원장이신 이반 그리고 리예비치가 제 친구입니다."

그러자 이반 안토노비치는 책으로 돈을 덮으며 말했다.

"그럼 그분에게 가세요. 그러면 일이 쉬워질 겁니다."

그러면서 그는 그들을 법원장의 방으로 안내했다.

그들이 법원장 방으로 가니 그곳에는 소바케비치가 앉아

있었다. 법원장은 두 팔을 벌려 치치코프를 맞이하더니 그에게 요란하게 입을 맞추었다. 법원장은 이미 소바케비치를 통해 거래에 관한 이야기를 들은 것 같았다. 그가 치치코프에게 말했다.

"언제 등기수속을 완결 짓고 싶으신가요? 지금 당장 할까요, 아니면 나중에 처리할까요?"

"지금 당장 마무리 짓고 싶습니다. 내일이면 다른 곳으로 떠날 일이 있어서요. 여기 농노 명단과 「청원서」, 그리고 「위임장」도 다 가져왔습니다."

"좋습니다. 당장 처리해드리지요. 하지만 당신을 그렇게 일찍 보내드릴 수는 없습니다. 오늘은 우리와 함께 기분 좋게 저녁을 들기로 하지요."

그 말과 함께 그는 집무실 문을 열고 이반 안토노비치를 큰 소리로 불렀다.

"자, 일을 즉각 처리하도록."

그런 후 그는 치치코프에게 말했다.

"이 일을 마무리 지으려면 양쪽에서 모두 두 명씩의 증인이 필요합니다. 내가 사람들을 불러 모으겠습니다."

제7장

99

법원장이 소집한 증인들이 도착하기를 기다리면서 그들은 치치코프가 구입한 농노들에 대해 시시콜콜한 이야기를 나누었다. 얼마 후 지방 검사, 위생국 감독관 등, 어중이떠중이 관청 관리들이 속속 도착했고 각자 증인 서류를 작성했다. 모든 일이 마무리되자 법원장이 말했다.

"자, 이제 다 됐습니다. 이제 매매를 축하하는 일만 남았습니다."

치치코프가 유쾌한 목소리로 대답했다.

"물론이지요. 시간만 정해주십시오. 여러분 모두를 위해 샴페인 몇 병 따지 않는다면 제가 죄를 짓는 셈이지요."

그러자 법원장이 말했다.

"아닙니다. 제 뜻을 오해하셨군요. 샴페인은 제가 내겠습니다. 그게 제 의무이고 도리이지요. 당신은 우리의 손님이니 우리가 대접하는 게 당연합니다. 자, 우리 모두 경찰서장 집으로 갑시다. 그는 우리들 사이에서 마법사로 통하지요. 그가 생선 가판대나 창고 옆을 지나며 슬쩍 눈짓만 하면 그것들이 즉시 우리 식탁에 오를 수 있단 말입니다."

잠시 후 그들은 모두 경찰서장의 집에 도착했다. 법원장의 말대로 경찰서장은 정말로 기적을 일으켰다. 그는 법원장으로부터 상황 설명을 듣자마자 관할 구역 치안 담당 경찰을 불러 간단하게 몇 마디 귓속말을 한 다음 "알았지?"라고 다짐했고, 그것으로 만사형통이었다. 손님들이 휘스트를 하며 잠시 기다리는 사이, 바로 그 옆 방 식탁에 철갑상어, 연어, 소금에 절인 캐비아, 청어, 치즈, 훈제 고기 등이 생선 가판대에서 즉시 실려 왔다. 그리고 이어서 경찰서장 집에서 준비한 음식들이 식탁에 차려졌다.

경찰서장은 이 도시에서 아버지 노릇을 톡톡히 했으며 자선가로 통하기도 했다. 그는 시민들을 가족처럼 편하게 대했고, 상점과 시장을 자기 집 드나들듯 했다. 그는 전임자들보다 두 배는 더 뜯어내면서도 사람들의 사랑을 받았다. 그는 아이들에게 세례를 주고 대부가 되었으며 겸손했다. 그는 사람들에게 다정했고 시시콜콜 안부를 묻기도 했다. '비록 빼앗아가기는 할지언정, 절대로 배신은 하지 않는다'는 것이 그에 대한 상인들의 견해였다.

그곳에서 신나게 먹고 마신 치치코프는 여관으로 돌아왔다. 그러고는 곧장 기분 좋게 잠에 빠져들었다.

제8장

치치코프의 농노 구입 건은 곧바로 장안의 화제가 되었다. 사람들은 농노들을 그렇게 많이 구입해서 이주시키는 것이 잘한 일인지 아닌지, 중구난방 떠들어댔다. 심지어 치치코프에게 여러 가지 조언을 하며 농노들을 거주지까지 안전하게 이송할 수 있도록 경비병을 제공하겠다는 사람까지 있었다. 치치코프는 그 조언들에 대해 감사의 뜻을 표하며, 자신이 구입한 농노들은 아주 온화한 성격이라서 별일은 없을 것이라고, 그들의 호의를 정중하게 거절했다.

이런 온갖 소문과 논의들이 난무하는 가운데, 치치코프가 기대할 수 있는 가장 좋은 뜻밖의 결실이 맺어졌다. 즉 그가 틀림없이 백만장자라는 소문이 퍼진 것이다. 그렇지 않아도 치치코프를 사랑하고 있던 도시 주민들은 그를 더욱더 마음 깊이 사랑하게 되었다.

백만장자라는 말은 그 위력이 대단했다. 사람들은 자신이 백만장자로부터 얻을 이익이 하나도 없으며 또 받을 권리도 없다는 것을 잘 알면서도 모두 그를 앞서가서 기다리기도 하고, 그의 앞에서 아첨하는 미소를 지으며 모자를 벗어 인사하거나 백만장자가 초대받은 무도회에 자신도 초대를 받으려고 온갖 애를 다 썼다.

이제 그는 쉽게 이 도시에서 빠져나갈 수 없게 되었다. 그는 매일 "자, 1주일만 더. 1주일만 더 우리와 지냅시다"라는 말을 수도 없이 들어야 했다. 시쳇말로 도시 사람들 전체가 그를 떠받들고 있었다. 게다가 그는 도시의 모든 귀부인에게 크나큰 영향을 주었다. 모두 그가 백만장자라는 말이 준 효과였다. 부인들의 의상에 변화가 일어났으며 옷가게 상인들은 더할 수 없는 호황을 누렸다. 상인들은 이제까지 너무나 비싸서 아무도 사가지 않던 옷감들이 날개 돋친 듯 팔리는 것을 보고 어안이 벙벙해졌다. 치치코프 스스로도 자신이 특별한 주목을 받고 있음을 확실히 느꼈다.

그러던 어느 날 그가 숙소로 돌아왔을 때, 그는 책상 위에 놓인「편지」한 통을 발견했다. 누가 보낸 것인지 알 수 없는「편지」였다. 그가 급사를 불러서 물어보았지만, 심부름 온 사람이 누가 보낸 것인지 함구하는 바람에 알 수 없다는 대답이었다.

「편지」는 아주 단호한 말로 시작되고 있었다.

그래요, 당신에게 편지를 써야만 해요.

이어서 영혼과 영혼 사이에 신비한 교감이 존재한다는 말이 쓰여 있었으며 그것을 강조하기 위해 반 줄 정도 밑줄이 쳐 있었다. 이어서 몇 가지 뛰어난 상념들이 뒤를 이었으니 그것들을 여기에 발췌해 적어놓지 않을 수 없다.

당신에게 묻건대, 우리들의 삶이란 도대체 무엇일까요? 슬픔의 골짜기에 불과한 것이 아닌가요? 당신에게 묻건대, 이 세상이란 도대체 무엇일까요? 아무것도 느끼지 못하는 사람들의 무리 아닌가요?

「편지」는 치치코프에게 답답한 울타리에 갇혀 숨도 제대로 쉴 수 없는 것 같은 도시를 영원히 떠나 드넓은 광야로 나오라고 권한 후 다음과 같은 시구로 마무리되어 있었다.

두 마리의 암비둘기가 어느 날 그대에게 보여주리라.
죽음으로 차가워진 나의 유골을.
슬프게 구구 울면서 그대에게 말하리라.
슬픔과 고독 속에서 마지막 숨을 거두었다고.

「편지」를 읽은 치치코프는 그 「편지」를 쓴 여인이 누구인지 궁금했지만 생각을 접고 「편지」를 둘둘 말아 작은 상자 안에 넣었다. 그 「편지」는 그가 이곳 N시의 귀부인들에게 총애를 받고 있음을 확실히 증명하고 있었다.

얼마 후 그는 현 지사 집에서 열린 무도회에 참석했다. 그는 무도회에 참석하기 전에 꼼꼼하게 몸치장을 했다. 아마도 천지창조 이래 몸치장에 그만큼 공을 들인 사람은 없었을 것이다. 얼굴을 거울에 비춰보는 데만 꼬박 한 시간이 걸릴 정도였으니 옷을 입을 때 그가 들인 공이 어느 정도였는지는 짐작이 될 것이다.

그가 무도회에 등장하자 대단한 소동이 일었다. 미리 와 있던 사람들은 모두 그를 향해 몸을 돌리고 그를 맞기 위해 다가왔다.

"오, 파벨 이바노비치! 상냥한 파벨 이바노비치! 내 영혼 파벨 이바노비치!"

여기저기서 쏟아지는 환영의 찬사에 치치코프는 마치 자신이 동시에 여러 사람의 포옹을 받는 듯이 느꼈다. 지방의회 의장의 품에서 간신히 빠져나오자 이번에는 경찰서장의 품에 안겼으며 이어서 의료 기관 감독관, 전매 독점인, 건축가의 품에 차례차례 안겼다.

이어서 귀부인들이 그를 마치 화환처럼 둘러싸면서 온갖 향기를 내뿜었다. 한 귀부인에게서 장미 향이 뿜어져 나왔고, 이어서 다른 부인에게서 제비꽃 향이, 또 다른 부인에게서는 물푸레나무 향이 뿜어져 나왔다. 치치코프는 코를 위로 쳐들고 그 향기를 맡았다.

그런 가운데 치치코프는 과연 이 귀부인 중에 「편지」를 보낸 사람이 누구인지 알아내기 위해 촉각을 세웠다. 하지만 전혀 감을 잡을 수 없었다. 그렇지만 그는 여전히 기분이 유쾌했다. 그러다가 그는 자신이 큰 결례를 저질렀음을 깨달았다. 부인들의 환대와 수다에 사로잡혀, 그 누구보다 먼저 지사의 부인에게 인사를 건네야 한다는 사실을 잊고 있었던 것이다.

그가 지사 부인에게 다가가자 부인이 상냥한 목소리로 "어머, 파벨 이바노비치, 정말 잘 오셨어요"라고 그를 맞았다. 치치코프는 한껏 낭만적으로 답례하기 위해 고개를 쳐들었다가 갑자기 둔기로 얻어맞은 듯 말문이 막히고 말았다.

그의 앞에는 지사 부인 홀로 서 있던 것이 아니었다. 부인은 어린 열여섯 살 소녀의 팔짱을 끼고 있었다. 부인의 딸이었다. 화가가 마돈나(madonna: 성모마리아를 달리 일컫는 호칭)의 모델로 삼고 싶어할 만한, 섬세하고 균형 잡힌 얼굴, 다소 날카로운 턱선을 한 금발의 소녀였다. 산이건 들판이건, 얼굴이며 입술이건 다리건 무조건 규모가 큰 것을 좋아하는 러시아에서는 좀처럼 보기 드문 얼굴이었다.

치치코프는 무척 당황해서 자신도 알 수 없는 말을 중얼거렸다. 그리고 지사 부인이 다른 사람들에게 인사하러 가버린 후에도 그 자리에 못 박힌 듯 서 있었다. 그는 자신의 주변에서 무슨 일이 일어나고 있는지 전혀 알지 못하고 아무것도 눈에 들어오지 않는 것 같은 상태에 빠져들었다. 부인들이 그에게 다가와 이런저런 말을 건넸지만 그는 건성으로 대답했고, 부인들은 그에게 실망했다. 게다가 그는 거기서 그친 것이 아니었다. 그는 무도회 내내 눈길을 그 소녀에게서 거두지 않았으며 무슨 수를 써서라도 그녀 곁으로 가려고 애를 썼다.

우리의 주인공에게 그 순간 사랑의 감정이 일어났는지는 확실하지 않다. 다만 그가 평생 처음으로 그 몇 분간 시인이 되었던 것은 틀림없었다. 시인이라는 말이 과분하다면, 적어도 그는 그 순간 자신이 젊은 청년인 듯 느껴졌다. 그는 어렵사리 소녀 옆에 자리를 잡고 이런저런 이야기를 하기 시작했다. 그의 그런 태도가 모든 부인을 실망시켰음은 물론이다. 부인들은 그의 곁을 지나치며 독설을 퍼부었다. 하지만 그는 그 말을 듣지 않거나 못 들은 척했다. 부인들은 이에 분개했으니, 그에게는 매우 불리한 일이었다. 남자란 무릇 부인들의 의견을 소중히 여겨야 하는 법인데 그는 그것을 어긴 것이다. 그는 나중에 그것을 후회하기도 했지만 이미 때는 늦은 뒤였다.

그런 가운데 우리의 주인공에게 매우 불쾌한 충격적인 사건이 또 하나 기다리고 있었다. 바로 옆방에서 노즈드료프가 나타난 것이다. 그는 쾌활한 표정으로 지방 검사의 팔짱을 끼고 무도회가 벌어지고 있는 응접실에 나타났다. 그의 모습을 본 치치코프는 어서 자리를 떠야겠다고 생각했다. 그와의 만남이 결코 자신에게 유리한 결과를 가져오지 않으리라는 직감이 들었기 때문이다.

그러나 그 순간 불행히도 현 지사가 치치코프를 불러 세우는 바람에 치치코프는 밖으로 나갈 수 없었다. 현 지사는 여인의 사랑이 오래갈 수 있는 것인지 아닌지에 대해 두 부인과 벌이고 있던 논쟁을 중재해달라고 치치코프에게 요청했다. 그 와중에 노즈드료프가 치치코프의 모습을 발견하고는 그에게 다가왔다.

"어이쿠, 이게 누구신가? 죽은 농노들을 사들이고 있는 친구 아닌가?"

그러더니 그는 치치코프가 뭐라고 입을 열기도 전에 현 지사에게 큰 소리로 외쳤다.

"지사 나리! 나리는 이 친구가 죽은 농노들을 사들이고 있다는 걸 아시나요?"

그러더니 그는 다시 치치코프를 보고 말했다.

"이보게 치치코프, 내 우정으로 한마디 하지. 여기 있는 모든 분이, 심지어 지사님까지도 자네를 좋아해. 하지만 나는 네놈 목을 매달겠어. 기필코 그러겠어."

치치코프는 안절부절못했다.

노즈드료프는 계속 입을 놀렸다.

"각하 제 말을 믿으시겠지요? 이 친구가 직접 제게 말했습지요. 자기한테 죽은 농노를 팔라고 말입니다. 저는 배꼽이 빠지게 웃고 말았지요. 그런데 여기 도착하니 저놈이 300만 루블에 해당하는 농노를 이주용으로 구입했다고들 하는 겁니다. 도대체 누굴 이주시킨다는 건지! 저놈은 제게 죽은 농노들을 거래하자고 했단 말입니다. 이봐, 치치코프! 나를 좀 보지! 넌 짐승 같은 놈이야! 여기 각하도 계시지만 그렇지 않습니까? 어때요, 검사님!"

하지만 지방 검사도, 현 지사도, 치치코프도 너무 당황해서 뭐라고 대답할 말을 찾지 못했고, 그사이 노즈드료프는 술주 정을 하기 시작했다.

"이봐 치치코프! 난 자네를 사랑한다고! 여기 계신 지사님 보다 더 자네를 사랑해. 그러니 자네가 왜 죽은 농노들을 사들 이고 있는지 알기 전에는 한 발자국도 옮기지 않겠어! 자, 내 가 자네를 얼마나 사랑하는지 보여주지!"

술에 취한 그는 치치코프의 볼에 입을 맞추려다가 그대로 나뒹굴었다. 사람들은 모두 그를 피하며 그의 말에 귀를 기울 이지는 않았다. 하지만 그가 한 말은 이미 사람들 귀에 또렷이 들린 뒤였다. 사람들은 모두 의혹에 가득 찬 눈을 하고 나무토 막처럼 서 있었다.

노즈드료프가 고질적인 거짓말쟁이라는 것을 누구나 알고 있는 사실이었고, 그의 입에서 이런 터무니없는 소리가 나온 다는 것도 전혀 놀라운 일이 아니었다. 하지만 인간이란 이상 한 존재라서, 아무리 부질없는 이야기일지라도 그것이 새로운 사실이기만 하면 반드시 다른 사람들에게 알리게 되어 있는 법이다.

"어때요. 정말 허무맹랑한 거짓말 아닙니까?"라는 말이라도 하고 싶어서 사람들은 그 말을 남에게 전하고 그 사실은 곧바로 도시 전체로 퍼지기 마련이다.

이 터무니없는 사건이 우리 주인공을 매우 당황하게 만들었음은 물론이다. 그는 마치 번쩍번쩍 윤이 나는 신발을 신은 채 냄새가 진동하는 진창에 빠진 것처럼 황당했다. 한마디로 불쾌했다. 정말로 불쾌했다.

그는 기분을 가라앉히려고 휘스트에 끼어들었지만 번번이 실수를 저질렀고, 사람들이 건네는 위안의 말에도 기분이 좀처럼 나아지지 않았다. 사람들이 술에 취한 노즈드료프를 밖으로 끌어냈지만 그의 마음은 편치 않았다. 그는 야식이 끝나는 것도 기다리지 않은 채 거의 녹초가 되어 숙소로 돌아왔다.

그는 숙소로 돌아온 후 의자에 앉아 무도회라는 것은 정말 거지 같은 것이라고 애꿎은 욕을 퍼부었다. 그런데 그가 온갖 상념에 젖어 잠을 이루지 못한 채 노즈드료프와 그의 친척들에게 심한 욕을 하며 날을 지새우는 동안, 이 도시의 다른 한쪽에서 그를 더욱 불쾌하게 만들 일이 벌어지고 있었다. 바로 한적한 도시의 골목길을 이상한 마차 한 대가 달그락거리는 소리를 내며 달려가고 있었던 것이다.

그 마차는 거리 모퉁이를 몇 번 돌더니 어두운 골목으로 꺾어 돈 다음 사제장 부인의 집 앞에 멈춰 섰다. 마차에서 한 소녀가 나와 집 문을 두드리자 문이 열렸고, 마차가 마당으로 들어서자 한 부인이 마차에서 내렸다. 부인은 바로 여지주 코로보치카였다. 그녀는 치치코프가 거래를 마치고 떠난 후, 혹시 그가 자기를 속였을지도 모른다는 불안감에 사흘 내내 잠을 이루지 못했다. 그녀는 자신이 남들보다 너무 싼 값에 죽은 농노들을 넘긴 것은 아닌지 알아보려고 결심하고 말에 편자도 박지 않은 채 마차를 몰아 도시로 나온 것이다. 그녀의 방문이 어떤 결과를 가져올 것인지, 독자 여러분은 두 귀부인의 대화를 통해 확인할 수 있을 것이다. 그 대화란…… 아니다, 그 대화 내용은 다음 장에서 확인하는 것이 낫겠다.

제9장

　　아직 남의 집을 방문하기에 이른 새
벽녘, 화려한 격자무늬 외투를 입은 여인이 오렌지빛 목조건
물의 문을 열고 하인을 대동한 채 밖으로 나왔다. 그녀는 마
차에 오른 후 마부에게 "가자!"라고 외쳤다. 그녀는 자신이 방
금 전에 들은 소식을 가능한 한 빨리 전하고 싶은 강한 충동
을 느꼈다. 그녀는 몇 번이고 마부를 향해 왜 이리 마차를 천
천히 모느냐고 채근했고, 얼마 후 마차는 목적지에 도착했다.
　　마차는 좁은 정원이 있는 흑회색 목조 단층집 앞에 섰다.
그 집에는 그녀의 절친한 친구가 살고 있었다. 친구가 밖으로
나왔고 둘은 응접실로 들어갔다. 방문한 손님은 어서 빨리 본

론으로 들어가서 새 소식을 전하고 싶었다. 하지만 주인은 손님의 드레스에 대해 이런저런 평가만을 해서 손님을 안달이 나게 했다.

그런데 둘이 이야기를 나누다 화제가 자연히 치치코프에게 이르렀고 그러자 주인이 손님에게 물었다.

"그런데 그 어리석은 우리의 매력남은 요즘 어떻게 지내시나요?"

"어머, 맙소사. 여태까지 그 이야기를 안 하고 뭘 하고 있던 거지? 안나 그리고리예브나, 내가 어떤 소식을 가져왔는지 아시겠어요? 진짜 희대의 사건이에요."

"무슨 이야기인데요?"

"사제 부인이 오늘 제 집에 왔었어요. 키릴 사제 부인 말이에요. 여지주 코로보치카가 사색이 다 되어 찾아와서는 이야기했대요."

"코로보치카가 어떤 사람인데요? 젊고 예쁜가요?"

"늙은 할멈이에요."

"아니 그렇다면 그가 늙은 할망구를 꼬인 거로군요."

"아니, 그게 아니라. 글쎄 그 사람이 온통 중무장을 하고 나타나서는 '죽은 농노들을 모두 나에게 파시오!'라고 코로보치카를 위협했대요. 그녀가 죽은 사람이라서 팔 수 없다고 했더니 '아니, 그들은 안 죽었어! 그들이 죽고 살고는 내가 결정할 문제야! 그들은 절대로 안 죽었어…… 절대로 안 죽었다고!'라고 외치더래요. 어찌나 큰 소리였는지 마을 사람들이 다 뛰쳐나오고 아이들은 울고불고, 공포, 그래요, 공포 그 자체였대요. 그 이야기를 듣고 저도 얼마나 벌벌 떨었는지……."

그러자 주인이 말했다.

"정말 이상한 일이네. 죽은 농노가 무슨 의미가 있담? 벌써 그런 이야기를 두 번째 듣네. 제 남편은 노즈드료프가 거짓말을 한 거라고 했지만 뭔가 있긴 있는 것 같네요. 농노 이야기가 아니라 뭔가가 감춰져 있는 게 틀림없어요."

"저도 이상하다고 생각은 했지만…… 그렇다면 당신은 무엇이 감춰져 있다고 생각하고 있는 건가요?"

주인은 뜸을 들이는 척하더니 심각한 표정으로 말했다.

"맞아요. 죽은 농노는 뭔가를 숨기기 위한 방패막이에 불과하고…… 사실은 그가 지사 딸을 꾀어내고 싶은 거예요. 무도회 때 그가 지사 딸을 바라보는 눈이 심상치 않았어요. 다른 사람은 몰라도 내 눈은 못 속이지."

그러자 손님이 손뼉을 치며 말했다.

"어머나! 세상에! 난 그런 건 상상도 못 했어요."

이어서 둘은 지사 딸이 얼마나 매력이 없는지 온갖 험담을 늘어놓기 시작했다. 세상에 그렇게 목석 같고 표정도 없는 처녀가 어디 있느냐, 그런 가식덩어리는 본 적도 없다는 식이었다. 이어서 그녀의 얼굴이 지나치게 창백하다, 그런 여자에게 반하는 남자는 얼마나 어리석은 남자인가, 라며 치치코프를 간접적으로 비난했다. 그리고 치치코프와 지사 딸의 사랑의 도피 행각에 대해 멋대로 추리를 늘어놓기 시작했다. 그녀들은 노즈드료프가 그들의 사랑의 도피 행각에 일조하고 있다는 의견도 덧붙였다. 그러면서 둘은 점차 자신들의 추론에 대해 확신을 갖기 시작했다. 그리고 두 부인은 자신들이 확신하게 된 사실을 갖고 온 도시를 들쑤시고 다녔다. 그녀들이 그 임무를 성공적으로 완수하는 데는 겨우 30분이면 충분했다.

도시에는 온통 큰 소동이 일었다. 하지만 아무도 이 사건의 진상을 제대로 아는 이는 없었다. 부인네들이 모든 사람의 눈을 안개로 가려버렸고, 관료들도 그저 아연실색할 뿐이었다.

죽은 농노들, 지사 딸, 치치코프가 이상하게 뒤죽박죽 뒤섞여 버렸고, 아무리 요모조모로 따져보아도 앞뒤가 맞지 않았다. 그러니 누구나 어리둥절할 뿐이었고 심지어 어떤 이는 화를 내기까지 했다.

도대체 죽은 농노가 어쨌단 말인가? 거기에 무슨 논리가 있을 수 있단 말인가? 어떻게 죽은 농노를 살 수 있단 말인가? 그따위를 사는 바보가 어디 있단 말인가? 도대체 무슨 목적으로, 어디다 쓰려고 죽은 농노를 사들인단 말인가? 도대체 지사 딸은 이 일에 어떤 식으로 연관이 있단 말인가? 만일 그가 지사 딸을 꼬여 도망치려 했다면 왜 죽은 농노를 사들였던 것일까? 죽은 농노를 사들였다고 해서 왜 지사 딸을 꼬여야 한단 말인가? 도무지 조리가 맞지를 않잖아…… 하지만 소문이 돌았다면 뭔가 원인이 있을 텐데…… 도대체 죽은 농노에 무슨 원인이 있단 말인가! 제길! 이런 바보 같은 헛소리라니!

그 소문은 말 그대로 도시를 완전히 갈아엎어놓았다. N시에는 오래전부터 다른 어떤 소문도 없었기에 그 위력은 더욱 컸다. 그리고 도시에는 남성들과 여성들 사이에 각기 완전히 다른 두 갈래 의견이 형성되었다. 남성들은 죽은 농노들에 관심을 기울였으며 여성들은 사랑의 도피 행각에 초점을 맞추었다. 하지만 남성들의 의견에는 논리가 결여되어 있는 반면에 여성들의 논리는 한결 용의주도했고 치밀했다.

곧이어 여성들의 의견은 생생하고 명료한 모양을 띠고 완성된 그림이 되었다. 기혼인 치치코프가 오래전부터 지사 딸과 사랑에 빠졌다, 그들은 정원 아래서 밀회를 나누어왔다, 치치코프는 자기 마누라는 어떻게든 처리할 수 있다고 지사 딸을 유혹했다, 지사는 치치코프가 돈이 많은 것을 알고 그에게 딸을 주려고까지 했다, 라는 의견이 우세하더니, 치치코프는 미혼이며 지사 부인에게 딸을 사랑한다고 고백했다가 거절당한 후 사랑의 도피 행각을 하기로 결심하게 되었다는 쪽으로 수정, 정리되었다.

남성들은 여성들의 의견에 동의할 수 없었지만 자신들 나름대로 논리를 만들지 못했다. 게다가 이 도시의 관료들을 불안에 떨게 만드는 사건이 벌어졌다. 이 현에 새 총독이 부임해오기로 한 것이다. 새로운 조사와 책망, 형벌 등 새로운 상관이 부하들에게 취할 조치들이 이어질 판이었다. 이 도시에 이런 말도 안 되는 소문이 도는 것을 그가 알게 되면 감옥에 가게 될지도 모른다는 공포가 그들을 사로잡았다. 만일 치치코프가 사들인 농노들이 정말로 죽은 농노들이라면? 그런 사건을 방치한 게 죄가 되지 않을까? 그들에게 치치코프가 뭔가 위험한 인물일지도 모른다는 생각이 들기 시작했고, 무작정 그를 신뢰했던 마음속에 '도대체 그가 누구인가?'라는 의구심이 자리 잡기 시작했다.

관료들은 우선 그가 농노들을 구입한 사람들을 불러서 거래가 어떤 것이었으며 혹시 그가 농노들을 구입하면서 속내를 내비치지는 않았는지 조사해보기로 결정했다.

그들은 우선 코로보치카를 불렀다. 하지만 별로 알아낸 것이 없었다. 그녀는 한 명당 15루블을 받았으며 여러 가지 물품을 구입할 것을 약속했다는 말만 되풀이했을 뿐이었다. 마닐로프는 치치코프를 위해서라면 자신의 영지도 내놓을 각오가 되어 있다며 그와의 우정만을 강조했다.

소바케비치는 자신이 보기에 치치코프는 괜찮은 사람이며, 그는 그에게 살아 있는 농노를 엄선해서 팔았다고 진술했다. 관료들은 최후의 수단으로 치치코프의 하인과 마부를 불러서 주인에 관해 물었지만 별로 소득이 없었다. 셸리판에게서 그가 이전에 공무원으로 일했고, 세무서에서도 일한 적이 있다는 답변만 들을 수 있었다.

결국, 관료들은 치치코프가 누구인지 자신들은 전혀 모르고 있다는 사실, 하지만 그에게는 분명 뭔가가 있다는 사실만 확인했을 뿐이다. 그들은 과연 치치코프를 어떻게 처리해야 할지 의논하기 위해 경찰서장 집에 모이기로 합의했다.

제10장

경찰서장 집에 모인 사람들은 모두 이 일에 대한 염려와 불안으로 너나 할 것 없이 수척해져 있음을 서로 확인할 수 있었다.

모두 이런저런 말들을 한마디씩 했지만 이런 식의 모임에서 하는 말들이 늘 그렇듯 도무지 조리가 없었고 우유부단했다. 어떤 이는 치치코프가 위조지폐범이라고 말하고 나서 스스로 "하지만 위조지폐범이 아닐 수 있습니다"라고 덧붙였고, 어떤 이는 치치코프가 몰래 파견된 새로운 총독의 관리일 것이라고 말한 후 "하지만 누가 알 수 있겠어요. 이마에 내가 누구라고 쓰여 있는 것도 아니니"라고 덧붙였다. 또 누군가 "그가 혹시 변장한 도둑이나 사기꾼이 아닐까?"라고 말하자 모두 반박했다. 그의 호감을 주는 외모와 화술로 봐서 절대로 그럴 리가 없다는 것이었다.

그때였다. 몇 분간 상념에 잠겨 있던 우체국장이 갑자기 무슨 영감이라도 받은 듯이 외쳤다.

"여러분, 치치코프가 누구인지 알겠어요!"

모두가 동시에 흥분해서 물었다.

"그래, 그가 도대체 누구요?"

"그는 바로 코페이킨 대위입니다."

그러자 모두 "코페이킨 대위가 누구요?"라고 한목소리로 물었다.

"어느 작가에게나 지극히 매력적일 수 있는 한 편의 서사시 주인공이지요"라고 우체국장이 대답했다.

그 자리에 모인 사람들 모두가 코페이킨의 이야기, 혹은 우체국장의 표현대로 '아름다운 한 편의 서사시'를 듣고 싶어 했다. 우체국장의 들려준 이야기는 다음과 같다.

1812년 나폴레옹과의 전투에서 있었던 일입니다. 그

전투에서 상처를 입고 한쪽 팔과 한쪽 다리를 잃은 코페이킨 대위는 다른 부상병들과 함께 후송되었지요. 아시겠지만 당시 정부에서는 부상병들을 위해 아무런 조치도 취하지 않았고 이런 상이군인들을 위한 연금은, 상상이 되겠지만, 아주 늦게야 도입이 되었지요. 코페이킨 대위는 일하고 싶어도 한쪽 팔과 다리로는 일할 수 없었고, 아버지는 "너를 먹여 살릴 힘이 없구나. 나도 입에 풀칠하기 힘든 형편이니"라고 말했답니다.

그래서 코페이킨 대위는 상트페테르부르크로 가려고 결심했지요. 나라를 위해 피를 흘렸으니…… 거기 가서 황제 폐하께 하소연하면…… 그는 이렇게 저렇게 마차를 얻어 타며 겨우 상트페테르부르크에 도착했지요. 상상해보세요. 이 세상에 둘도 없는 도시가 그의 눈앞에 나타난 겁니다. 그의 눈앞에 『아라비안나이트』에 나올 만한 왕국이 펼쳐진 겁니다. 그 화려한 거리와 다리! 상상해보세요.

코페이킨 대위는 묵을 곳을 백방으로 찾아보았지요. 그런데 그 가격이라는 게! 정말 끔찍하게 비쌌습니다.

그의 수중에는 고작 5루블짜리 지폐 10여 장이 있었을 뿐인데…… 그는 하루에 1루블 하는 싸구려 여인숙에 묵으며 식사는 야채수프 한 접시, 쇠고기 한 조각으로 때웠어요. 게다가 거기 오래 묵을 돈도 없었지요.

이리저리 알아보니 어떤 장군이 위원장으로 있는 위원회가 있다는 소식을 듣게 된 코페이킨 대위는 그곳으로 찾아갑니다. 너무나 화려한 곳이었지요. 그는 위축이 된 채 겨우 접견실로 들어가서 기다렸습니다. 그가 네 시간 정도 기다리자 장군이 나타났습니다. 장군을 접견하려는 사람들이 우글거리고 있었기에 그는 한참 만에야 장군을 만날 수 있었습니다.

코페이킨 대위가 숨을 몰아쉬며 말했지요.

"각하, 팔과 다리를 잃고 보니 일을 할 수가 없어서 감히 폐하의 자비를 신청하고자 왔습니다."

장군이 그에게 말했지요.

"좋소. 며칠 있다 다시 오시오."

그 소리에 코페이킨 대위는 기쁨의 탄성을 내질렀지요. 말하자면 최고위 명사를 알현하는 영광을 누린 셈이고 이제 마침내 그에게 연금을 주겠다는 대답을 들은 겁니다. 그는 기분이 너무 좋아 보드카를 한 병 마시고, 살진 암탉 요리도 주문하고, 포도주도 한 병 마셨어요. 한마디로 호화판으로 지낸 거지요. 여러분도 그가 얼마나 기쁨에 차 있었는지 짐작하실 수 있을 겁니다.

하지만 다음에 다시 장군을 찾아갔을 때 장군은 폐하의 귀국을 기다리는 수밖에 없다는 말뿐 다른 말은 해주지 않았고, 그다음 날부터는 아예 장군을 만날 수도 없었습니다. 겨우 힘들여 장군을 만나니 그가 해준 말은 고작 그를 고향으로 데려다주겠다는 말뿐이었고, 이후 코페이킨 대위는 망각의 강에 묻히고 말았지요.

재미있는 소설은 이제부터 시작되는데, 그가 어디로 갔는지 아무도 모르지만 상상은 할 수 있지 않겠어요? 그로부터 두 달 뒤, 숲에 도적 무리가 나타났고, 이 강도들의 우두머리가 다름 아닌…… 바로…….

그때 경찰서장이 갑자기 그의 이야기를 끊었다.

"하지만, 이봐요. 당신 말대로라면 코페이킨 대위는 팔다리가 하나뿐이지 않소. 하지만 치치코프는……."

그러자 우체국장은 손으로 자기 머리를 탁 치며 "이런 바보! 그 생각을 못 하다니!"라고 자책했다. 하지만 그는 곧이어 영국에서는 기술이 발달해서 다리가 없는 사람도 나무다리를 해 달고 멀쩡하게 지낼 수 있게 되었다고 변명했다. 그렇지만 모두 치치코프가 코페이킨 대위일 수도 있다는 생각을 접었다. 그런데 그들은 우체국장의 상상력에 자극받아 더 멀리 나갔다. 그중 말하기도 부끄러운 추론 한 가지를 소개하자면, 혹시 치치코프가 변장한 나폴레옹이 아니냐는 것이었다. 물론 관료들은 그 말을 믿지 않았다. 하지만 그런 가운데도 치치코프의 옆모습이 어딘가 나폴레옹을 닮은 것 같다고 진지하게 고려하는 사람도 있었다.

어쨌든 그들은 논의에 논의를 거듭한 끝에 마침내 노즈드료프의 의견을 들어보는 것이 어떻겠냐고 결론을 맺었다. 그가 처음으로 죽은 농노에 관한 이야기를 꺼냈고, 더욱이 소문에 따르면 그가 치치코프와 긴밀한 관련을 맺고 있는 것 같으니 치치코프의 정체에 대해 뭔가 아는 게 있으리라는 것이었다. 이 관료 나리들은 노즈드료프가 주정뱅이에 거짓말쟁이인 것을 빤히 알면서도 그의 의견을 듣기로 결정한 것이다.

인간이란 그렇게 묘한 존재다. 신은 믿지 않으면서도 양 미간이 가려우면 죽게 된다는 미신은 믿고, 숭고한 지혜가 넘치는 시인의 작품은 무심코 지나치면서 자연을 마음대로 헤집고 뒤집어놓은 엉터리 작품에는 "바로 이거야. 여기 숭고한 진리가 들어 있어"라고 외치는 게 바로 인간인 것이다.

그때 노즈드료프는 나름대로 중요한 일에 몰두해 있어서, 꼬박 4일간 방에서 나오지 않고 그 누구도 방에 들이지 않고 있었다. 그러나 그는 결국 시장의 초대장에 응했다. 하지만 그를 심문해본 관료들은 더욱 큰 혼란에 빠졌다.

그는 모든 질문에 아무런 주저 없이 확실하게 대답했다. 치치코프가 수천 루블어치의 죽은 농노들을 구입했으며 자신도 팔지 않을 이유가 없어서 팔았다고 대답했다. 그가 스파이가 아니냐는 질문에 노즈드료프는 그가 스파이임이 틀림없다고 단호하게 말했다. 그는 자신과 치치코프가 같은 학교에 다녔으며 그때 이미 스파이 짓 때문에 자신과 친구들이 그를 두들겨 패서 만신창이를 만든 적이 있다고 대답했다. 혹시 그가 위조지폐범이 아니냐고 묻자, 그는 위조지폐범이라고 대답한 후

일화까지 덧붙여 설명했다. 즉 그의 집에 200만 루블의 위조지폐가 있는 것을 알고 경찰이 그의 집을 덮쳤더니 어느새 그 위조지폐들을 진짜 지폐로 바꾸어놓았다는 것이었다. 치치코프와 지사 딸 사이에 정말로 로맨스가 있었는지, 그들이 도피할 수 있도록 그가 도왔는지 묻자 그는 자신이 그 일이 성사되도록 도와주었다며 자기가 없었다면 아무 일도 이루어지지 않았을 것이라고 대답했다. 심지어 그는 둘이 결혼하기로 한 마을 이름과 교회, 사제의 이름까지 들먹였다.

관료들은 모두 한숨을 내쉬며 포기했고, 그만큼 절망에 빠졌다. 그중에 가장 큰 영향을 받은 사람은 바로 지방 검사였으니, 그는 집에 와서 이런저런 생각에 잠겨 있다가 갑자기 죽어버렸다. 그는 의자에 앉아 있다가 갑자기 뒤로 넘어졌는데, 의사가 달려왔을 때는 이미 영혼이 없는 몸이 되어 있었다.

이런 어처구니없는 일이 벌어지고 있는 것을 까맣게 모르고 있는 사람이 한 명 있었다. 바로 당사자인 치치코프 자신이었다. 마침 가벼운 감기에 걸려서 목에 염증이 생기는 바람에 그는 3일 정도 방에서 꼼짝 않고 있었던 것이다. 그러면서 그는 이 도시의 관리 중 단 한 명도 자신에게 들러서 안부를 묻지 않는 게 이상하다고 생각하고 있었다.

마침내 몸이 가뿐해지자 그는 가벼운 마음으로 숙소를 나섰다. 그는 제일 먼저 지사의 집으로 가기로 작정했다. 그런데 현관에서 그를 맞이한 경비원의 말을 듣고 그는 깜짝 놀랐다.

"당신을 들이지 말라고 했습니다."

"뭐야? 내가 누군지 모르고 하는 말이야? 자, 내 얼굴을 자세히 보라고."

"물론 누군지 알지요. 전에도 여러 번 봤는데요. 그런데 바로 당신, 치치코프를 들이지 말라는 명령을 받았습니다."

"정말? 도대체 왜?"

"모릅니다. 명령이니 따를 뿐이지요."

이상하다고 생각한 치치코프는 곧이어 지방의회 의장의 집으로 향했다. 하지만 그곳에서도 마찬가지였다. 이윽고 그는 다른 사람들, 즉 경찰서장, 부지사, 우체국장 집을 찾았다. 하지만 모두 그를 받아들이지 않거나 받아들이더라도 이상하고 부자연스럽게 받아들였다. 치치코프로서는 그들 모두의 머리가 어딘가 이상해진 것만 같았다.

그는 고개를 갸우뚱하며 다시 여관방으로 돌아왔다. 그가 이런저런 생각을 하며 차를 따르려는데 갑자기 노즈드료프가 방문을 열고 나타났다.

노즈즈료프는 이런저런 이야기를 주절대더니 마침내 그 동안 일어난 일에 대해 말했다.

"그래, 도시 전체가 너에게 등을 돌렸어. 네가 위조지폐범인 줄 알고 내게 물어보더군. 귀찮아서 그렇다고 말했지. 그들에게 너랑 공부도 했고 네 아버지도 안다고 허풍도 떨었네."

"뭐야? 내가 위조지폐범이라고?"

치치코프가 의자에서 몸을 일으키며 외쳤다.

"맞아. 그런데 왜 그들을 그렇게 놀라게 한 거지? 다들 제정신이 아냐. 너를 강도와 스파이로 둔갑시키고…… 게다가 지방 검사는 놀라서 죽어버리고…… 새로 총독이 오는데, 너 때문에 무슨 불똥이라도 튈까봐 노심초사하고 있어. 치치코프, 자네, 정말로 뭔가 위험한 일을 꾸민 거야."

"위험천만한 일이라니?"

"아, 지사 딸을 꼬여서 달아나려고 했잖아. 난 그런 일이 있으리라고 미리 알고 있었어. 무도회에서 둘이 함께 있는 걸 봤

거든. 도대체 그녀의 어디가 좋다고⋯⋯."

"뭐야? 지사 딸과 도망을 쳐? 자네 정신 나갔군!"

"이런 능청을 떨긴! 내가 자네를 도와주려고 온 거야. 자, 3,000루블만 내라고. 내가 깨끗이 그녀와 함께 도망갈 수 있게 해줄 테니."

노즈드료프가 수다를 떨고 있는 동안 치치코프는 이게 정말 꿈이 아니고 현실인지 확인하기 위해 몇 번이고 눈을 비벼야만 했다. 위조지폐범, 지사 딸 납치, 지방 검사의 죽음, 새로운 총독의 부임, 이 모든 사실이 그에게 크나큰 공포를 안겨주었다.

'사태가 이렇다면 더는 꾸물거릴 필요가 없지. 하루빨리 이곳을 떠야겠어.'

그는 노즈드료프를 서둘러 쫓아내고는 즉시 셀리판을 불러 내일 아침 6시에 이 도시를 떠날 수 있도록 모든 것을 준비하라고 지시했다.

제11장

그러나 모든 일이 치치코프가 생각한 대로 이루어지지 않았다. 우선 그는 생각보다 늦게 잠에서 깼으며 무엇보다 그것이 불쾌했다. 자리에서 일어나자마자 그는 반개 사륜마차가 떠날 준비가 되었는지 사람을 보내 알아보았다. 그러나 마차에는 아직 말을 매놓지 않았고 떠날 준비가 전혀 되어 있지 않다는 보고를 들었다. 그것이 두 번째 불쾌한 일이었다.

그는 화가 나서 셀리판을 불렀다. 매질이라도 할 기세였다. 치치코프는 곧바로 나타난 셀리판에게서, 급히 길을 떠나야 하는 주인이 하인들에게서 흔히 듣기 마련인 변명을 들어야만 했다.

"말에 편자를 박아야 해서요. 게다가 바퀴도 단단하게 조여야 해서⋯⋯."

"이 멍청한 놈, 미리 말했어야지."

치치코프는 대장장이를 부를 수밖에 없었다. 손님이 서두른다는 것을 안 대장장이가 값을 대여섯 배나 올려 부르는 바람에 대장장이와 한참 승강이를 한 끝에 대여섯 시간이 지나서야 겨우 일을 마무리할 수 있었다.

드디어 준비가 끝나고 마차는 여관을 나섰다. 마차가 여관을 나서자 치치코프는 "신에게 영광을!"이라고 외치며 성호를 그었고, 셀리판은 채찍을 휘둘렀다. 얼마 지나지 않아 반개 사륜마차는 한산한 거리에 들어섰고 도시의 끝을 알리는 이정표가 나타났다. 그리고 마차는 표지판, 잿빛 마을, 작은 가게, 다리, 무한히 펼쳐진 들판, 밭 들을 지나쳤다. 그리고 또다시 이어지는 길, 길들⋯⋯.

길이란 단어에는 얼마나 신기하고 매혹적이며 비현실적인 환상이 담겨 있는가! 길이란 그 자체로 얼마나 신비로운 것인가! 맑은 날, 가을 잎새, 청명한 공기⋯⋯ 여행용 외투의 깃을 여미고 모자를 깊숙이 눌러쓴 채, 마차 한구석에 편안하게 몸을 움츠린다. 말들이 질주하는 가운데 졸음이 스며들고 눈이 감긴다.

눈을 뜨고 보면 이미 역참 다섯 개를 지나 있다. 하늘에 떠 있는 달, 낯선 마을, 구식 목조 지붕과 첨탑이 있는 교회, 검은 통나무로 만든 집들과 하얀 석조 건물들…… 사람은 한 명도 보이지 않고 모든 것이 잠들어 있다. 다시 잠이 든다. 그러다 잠이 깨자 아무것도 보이지 않는 광야가 펼쳐진다. 이정표가 스치듯 지나가고 날이 밝는다. 저 멀리 지평선 위로 희미한 금빛 무늬가 나타나고 기분 좋은 한기가 몸을 감싼다. 이 얼마나 기분 좋은 한기인가! 그 한기에 외투 깃을 여미며 다시 눈을 감는다.

마차가 덜커덕거리는 소리에 다시 눈을 뜬다. 마차는 언덕 길을 내려가고 있으며, 아래로 넓은 제방과 연못이 보이고, 마을과 농가들이 언덕에 흩어져 있다. 마을 교회 십자가가 별처럼 반짝이고 농부들이 지껄이는 소리가 들리고, 배 속에서는 참기 어려운 허기가…… 오, 멀고도 먼 여행길이여! 너는 얼마나 멋진가! 내가 나약해지고 의기소침해졌을 때, 나는 얼마나 자주 너에게 매달렸던가! 그리고 그때마다 너는 내게 구원과 휴식을 주었으니! 나는 네 안에서 얼마나 자주 아름다운 구상, 시적인 상상을 했으며, 얼마나 놀라운 인상에 사로잡혔던가!

이 순간 우리의 친구 치치코프가 그런 산문적인 공상에 빠져 있던 것은 절대 아니다. 우리 이제 그의 영혼으로 들어가 그와 함께해보기로 하자.

처음에 그는 자신이 마을에서 완전히 빠져나왔는지 확인하려고 뒤를 돌아다보는 데 몰두해 있어서, 아무것도 느끼지 못했다. 그는 오로지 길에만 관심을 쏟고 길 왼편과 오른편만 바라볼 뿐이었다. 그가 빠져나온 N도시는 마치 그의 기억에서 사라진 저 먼 유년 시절 같았다. 마침내 길도 그의 주의를 끌지 않게 되자 그는 슬그머니 눈을 감고 쿠션에 머리를 기댔다.

고백하지만, 이런 식으로 주인공에 대해 독자 여러분에게 이야기할 기회를 얻게 되어 나는 기쁘다. 지금까지 노즈드료프니, 무도회니, 부인들이니 도시의 온갖 유언비어들, 정작 책에 쓰자니 하찮기 그지없어 보이지만 실제 세상에서는 더없이 중요하게 여겨지는 그런 일들 때문에 정작 주인공에 대해 말할 기회를 얻지 못했기 때문이다. 이제 그 모든 사소하면서도 중요한 일들을 제쳐 놓고 우리의 주인공에 관한 이야기를 해보기로 하자.

내가 주인공으로 택한 인물이 독자들의 마음에 들었는지는 지극히 의심스럽다. 또한 그가 부인들의 마음에 들지 않으리라는 것은 분명하다. 부인들이란 주인공이 완벽한 존재이기를 원한다. 혹시 그에게 정신적으로 혹은 육체적으로 무슨 결함이라도 있으면 만사는 끝장인 법이니! 작가가 그의 영혼을 아무리 깊이 들여다보고 그의 모습을 거울보다 더 깨끗하게 반영한다 하더라도, 부인들은 치치코프 같은 주인공을 결코 높이 평가하지 않는다. 게다가 치치코프는 이미 중년인데다 몸도 뚱뚱한 편이니 두말할 필요도 없다.

오, 슬프다! 작가는 그 모든 것을 잘 알고 있으면서도 그녀들이 원하는 주인공을 선택할 수 없었으니! 고결하기만 한 주인공을 선택할 수 없었으니! 내가 고결한 사람을 주인공으로 선택하지 않은 이유는 분명하다. 이제까지 많은 소설에 고결한 사람이 너무 많이 등장해서 이제 그만 쉴 때가 되었다고

제11장

137

생각될 만큼 그들이 불쌍하게 여겨졌기 때문이며, 고결하다는 말도 너무 남용되었기 때문이다. 또한 고결한 사람들이 마치 말(馬)처럼 되어 수많은 작가가 그 말에 족쇄를 매고 마구 채찍을 휘두르며 몰고 다녔기 때문이며, 작가들이 그런 사람들을 너무 혹사시켜서 그에게 미덕이라고는 남아 있지 않고, 살도 다 빠져버린 채 뼈와 가죽만 남았기 때문이다. 그 결과 말로만 훌륭한 사람을 칭송할 뿐, 그 누구도 실제로 그런 사람을 존경하지 않았다. 그러니 이제 비열한 사람에게 족쇄를 맬 때가 되었다. 우리 이제 그런 비열한 사람에게 멍에를 씌워 끌어내도록 하자.

우리 주인공의 출신 배경은 초라하고 모호하다. 그의 부모는 귀족이었지만 세습 귀족인지 신흥 귀족인지는 분명하지 않다. 그는 부모를 전혀 닮지 않았기에, 그의 한 여자 친척은 그가 태어났을 때 "엄마도 아니고 아빠도 아니고 지나가는 총각을 닮은 것 같다는 속담처럼 태어났네!"라고 외쳤다고 한다. 그렇게 그의 인생은 애초부터 뿌옇게 흐린 창문을 통해 바라보듯 그를 떨떠름한 눈길로 바라보았다.

어린 시절 그에게는 친구도 없었고 함께 어울릴 패거리도 없었다. 그가 학교 갈 나이가 되자 아버지는 그를 도시에 사는 친척 할머니에게 맡겨서 학교에 다니게 했다. 그와 헤어지면서 아버지는 그에게 이런 말을 남겼다.

"이봐, 파블루샤, 무엇보다 열심히 공부해야 한다. 바보짓을 하거나 장난을 치면 안 된다. 무엇보다 선생님과 윗사람들 마음에 들어야 해. 윗사람 마음에 들기만 하면 학문적으로 성공하지 못하거나 재능이 없더라도 모든 일이 다 잘되어서 다른 사람들을 앞지를 수 있게 된다. 친구들과는 어울리지 마. 애들에게 배워서 좋을 게 하나도 없어. 그래도 아이들과 사귀어야한다면 부자 애들이랑 어울려. 누구에게도 음식 대접을 하거나 한턱 쓰지 마. 무엇보다 저축하고 또 저축해라. 한 푼이라도 아껴야 해. 이 세상에서 믿을 수 있는 건 돈밖에 없다. 동료나 친구는 여차하면 너를 배반할 수 있지만 돈은 아무리 불행에 처하더라도 절대로 너를 배반하지 않아. 돈이라면 이 세상에서 못할 일이 없고, 뭐든 이겨나갈 수 있어."

그 말을 마치고 아버지는 짐마차를 타고 돌아갔다. 이후 그는 아버지를 다시 못 만났지만 아버지가 남긴 교훈은 그의 넋

속에 깊이 아로새겨졌다.

학교에서 그는 공부에 특별한 재능을 보이지 못했고 다만 근면과 단정함이 남들보다 두드러졌다. 그는 삶의 실용적인 면에서 대단한 재능을 발휘했다. 또한 어린 시절부터 그는 무슨 일에서건 자신을 억제할 수 있었다. 그는 아버지가 주고 간 반 루블을 한 푼도 축내지 않았으며 비상한 기지로 그 돈을 늘릴 수 있었다. 밀랍으로 멋진 새를 만들어 팔기도 했고, 시장에서 사 온 음식을 친구에게 비싼 값에 팔았으며, 쥐를 길들여 팔기도 했다. 얼마 지나지 않아 그는 5루블의 돈을 모을 수 있었다.

또 그는 선생님에게 잘 보이려면 어떻게 해야 하는지도 재빨리 터득해 모두에게 모범생 소리를 들었으며 공부도 열심히 해서 졸업식에서 우등상장을 받았다.

그가 턱수염이 자랄 만한 청년이 되어 학교를 졸업할 때 아버지가 세상을 떠났다. 그에게 남은 것이라곤 도저히 고쳐 입을 수 없을 정도로 낡은 네 벌의 재킷, 두 벌의 낡아빠진 프록코트, 몇 푼 안 되는 돈이 전부였다. 그의 아버지는 돈을 모으라는 충고는 했지만 정작 본인은 돈을 모으지 않은 것 같았다.

치치코프는 낡아빠진 저택과 약간의 땅을 1,000루블에 팔고 도시에 자리를 잡았다. 그리고 어렵사리 지방관청에 자리를 하나 얻을 수 있었다. 1년에 30~40루블의 급료밖에 받지 못하는 보잘것없는 자리였지만 칭찬 일색의 학위증 외에 변변한 백그라운드 하나 없는 그로서는 정말로 어렵게 구한 자리였다.

그는 공무에 온 힘을 다해 헌신했다. 그는 집에 가지도 않고 일에 매달렸다. 그러면서도 그는 옷차림을 단정하게 했으며 얼굴에 유쾌한 표정을 거두지 않았으니, 그의 몸가짐에서는 뭔가 고결한 것이 느껴지기도 했다.

얼마 후 그는 곧 주목을 받았다. 그가 지닌 여러 장점으로 그는 곧이어 이른바 '수지가 맞는 자리'를 얻을 수 있었다. 그는 뇌물 수수에 있어서 아주 훌륭한 수완을 발휘하여 그동안 그를 옥죄어 왔던 가혹한 절제 생활에서 벗어날 수 있었다. 하지만 그것도 잠깐이었다. 뇌물 수수에 엄격하기 그지없는 새로운 상관이 부임해 왔기 때문이다. 풍요를 누리던 관리들이 해임되고 치치코프는 남들보다 더 심하게 된통 당해버렸다.

이후 치치코프는 다른 도시로 옮겨 몇 군데 직장을 전전했다. 그렇게 참고 또 참고, 인내하고 또 인내한 결과 마침내 세무서에 자리를 얻을 수 있었다. 여기서 그 직장이 그가 남몰래 염원해오던 직장이라는 것을 독자 여러분에게 밝혀야 하리라. 그는 세관 관리들이 얼마나 사치스러운지, 그들이 친척들에게 얼마나 큰 인심을 베푸는지 이미 알고 있었던 것이다.

마치 하늘이 그를 위해 세관원 자리를 마련해준 것 같았다. 그보다 민첩하고 명민하며 통찰력을 지닌 관리는 이전에는 존재하지도 않은 것 같았다. 3~4주 만에 그는 세관원 일에 완전히 통달했다. 그는 동물적인 감각으로 수색하는 능력이 있었으며, 거의 살인적이라고 할 만큼 정중하고 냉정하게 그 일을 해냈다.

금세 그는 밀수꾼들에게 크나큰 근심거리가 되었고, 위협과 절망의 근원이 되었다. 하지만 그는 부자연스러울 정도로 열심이었고 청렴했다. 그는 몰수한 그 어떤 물품도 거들떠보지 않았으며 부정한 돈을 단 한 푼도 챙기지 않았다.

그의 열성적이고 사심 없는 근무 태도는 곧 상부에 보고되어 훈장을 타고 승진을 한 결과, 밀수꾼 일망타진 프로젝트의 책임자가 되었다. 그리고 그것이 바로 그가 간절히 바라던 일이었다.

당시에는 거대한 밀수 조직이 구성되어, 세관원들을 매수해 밀수 사업을 벌이고 있었다. 그들은 이전에도 치치코프에게 손을 벌렸었다. 하지만 그때마다 그는 "아직은 때가 아니오"라며 냉정하게 거절했다. 그러나 이제 그가 책임자가 되자 사정이 바뀌었다. 그는 그 조직에 "이제 때가 되었소"라는 전갈을 보냈다. 그리고 그는 20년간 뼈 빠지게 일해도 벌 수 없는 액수의 돈을 1년 사이에 벌어들일 수 있었다.

하지만 그런 식의 호황은 오래가지 못했다. 그와 사소한 일로 다툼을 벌인 동료 관리가 그를 밀고한 것이다. 그가 온갖 수완을 발휘해서 면직되지는 않았지만, 수중에는 만일의 사태에 대비하여 숨겨놓은 수천 루블의 돈과 두 다스의 네덜란드제 와이셔츠, 별로 크지 않은 반개 사륜마차, 그리고 마부 셀리판과 하인 페트루시카만 남게 되었다. 그는 그 일을, "성실히 근무하다가 정의를 위해 박해받았다"고 표현했다.

그런 시련을 겪은 그는 남은 1만 루블의 돈으로 어떤 작은 도시에 칩거하여 그럭저럭 살아갈 수도 있었을 것이다. 그러나 그는 그러지 않았다. 우리로서는 그의 불굴의 의지를 정당하게 평가해줄 의무가 있다. 그런 모든 일을 겪고 난 후에도 그의 내면의 열정은 가라앉지 않았다.

그는 곰곰이 생각했다. 그리고 그의 생각에는 정당한 면이 없지 않았다.

'왜 하필 나야? 왜 하필이면 내게 불행이 닥친 거냔 말이야? 맡은 일만 열심히 수행하면서 하품만 하고 있을 놈이 어디 있어? 모두 뭔가를 뜯어내고 있잖아. 나 때문에 불행해진 사람도 없잖아. 내가 과부를 덮친 것도 아니고, 누군가를 집 밖으로 몰아낸 것도 아니잖아. 모두 거둘 만한 곳에서 거두었을 뿐이야. 다른 사람들은 그걸 다 이용하는데 왜 나만 안 된다는 거야? 다른 이들은 번성하는데 왜 나만 구더기처럼 지내라는 거야?'

그는 그렇게 불평불만에 싸여 지내면서도 머릿속 활동을 전혀 멈추지 않았다. 그의 머리는 끊임없이 뭔가 새로운 일을 계획하고 시도하려고 노리고 있었다. 그는 다시 몸을 웅크리고 절제 생활로 돌아갔다. 비록 남들로부터 멸시를 받는 하찮은 직급으로 밀려났지만 삶의 필요에 따라 결연히, 그리고 열심히 그 일을 수행했다. 그러다가 그는 어떤 일 하나를 의뢰받았다. 누군가 수백 명의 농노를 저당 잡히고 보호감독위원회에서 돈을 빌리는 일을 대행해달라고 부탁한 것이었다.

그 일을 의뢰한 사람의 영지는 사기꾼 관리인, 흉작, 가축과 일꾼 들의 목숨을 앗아간 전염병에, 지주 자신의 낭비벽으로 인해 형편없이 황폐해져 있었다. 몰락한 지주는 마지막 남은 영지와 농노를 저당 잡히고 돈을 얻으려고 했다.

치치코프는 위원회 서기가 호감을 느끼도록 물밑 작업을 한 후 그에게 조심스럽게 말했다.

"그런데 농노들 절반은 이미 죽은 상태라서…… 나중에 무슨 귀찮은 일이라도 생기지 않을까요?"

그러자 서기가 물었다.

"하지만「등록 농노 명부」에는 기록이 되어 있겠지요?"

"물론 기입되어 있습니다."

"그렇다면 겁날 게 뭐 있소? 한 명 죽으면 다른 사람이 태어나기 마련이고, 그 아이가 자라나서 죽은 사람 자리를 메우면 될 것 아니오?"

바로 그때 우리의 주인공 머리에 번개가 스치고 지나갔다.

'이런, 정말 바보였군! 장갑을 어디 두었는지 열심히 찾다

보니 바로 허리춤에 꽂아 놓고 있던 격이로군! 새로 「등록 농노 명부」가 작성되기 전에 이 죽은 농노들을 한 1,000명쯤 모으는 거야. 그러면 보호감독위원회에서 한 명당 200루블은 얻을 수 있으니 20만 루블의 자본이 생기겠네. 게다가 최근에 전염병이 돌아 많은 사람이 죽었으니 더없이 좋은 기회 아닌가! 지주들도 모두 어려운 처지에 처해 있으니 인두세를 내지 않기 위해서라도 기꺼이 양도할 거야. 물론 귀찮은 일도 생기겠고 위험하기도 하겠지. 하지만 머리가 괜히 있는 게 아니잖아. 그런데 문제는 너무 엉뚱한 일이라서 사람들이 믿을 수 없어 하리라는 거지. 그래, 이주용으로 구입하는 거야. 헤르손 현에서는 정착만 하면 토지를 무상으로 불하해주잖아. 그곳으로 이주하겠다고 하면서 죽은 농노들을 구입하는 거야. 마을 이름은 치치코프 마을이라고 하면 되겠네.'

바로 그 순간에 우리의 주인공 머리에 그려진 그 그림에 대해 독자들이야 감사해야 할지 어쩔지 모르지만, 작가로서는 고맙기 그지없는 일이었다. 만일 치치코프의 머릿속에 그런 생각이 떠오르지 않았다면 이 서사시는 세상에 나올 수 없었을 테니 말이다.

그는 성호를 긋고 나서 즉시 일에 착수했다. 그는 살 거주지를 물색한다는 명목으로 제국의 구석구석을 뒤지기 시작했고 흉작이나 전염병 등으로 다른 지역보다 고통이 심한 지역을 주로 돌아다녔다. 한마디로 더 편하고 저렴하게, 많은 농노를 구입할 수 있는 곳을 돌아다닌 것이다. 그리고 우리가 이제까지 치치코프의 뒤를 따라 살펴본 것들은 그가 앞으로 행하게 될 오랜 여정의 일부분일 뿐이다. 저자는 독자들 앞에 그런 우리 주인공의 있는 모습을 그대로 그려 보여줄 뿐이다.

독자 중에는 그가 도덕적으로 어떤 사람인지 명확히 밝혀달라고 요구하는 사람이 있을지도 모른다. 그가 완벽하게 선량하고 고결한 사람이 아니라는 건 분명하다. 그렇다면 그는 비열한 인간인가? 그를 왜 비열한 인간이라고 해야만 하는가? 우리는 왜 남에 대해 그렇게 엄격한 잣대를 들이대야만 한단 말인가? 물론 그의 성격에는 우리가 반감을 품을 만한 요소가 충분히 있다. 더욱이 그가 우리 서사시의 주인공이니 뭔가 삐딱한 시선으로 그를 바라볼 게 빤하다. 우리가 모두 고결한 주인공에게 익숙해져 있기 때문이다.

하지만 과연 우리가 저속하다고 생각하는 욕망의 지배에서 자유로운 인간이 있을까? 게다가 인간은 자신의 의지로 선택하지 않은 욕망의 포로가 되는 경우도 많다. 그것들은 인간이 이 세상에 태어나는 순간 함께 태어나며, 우리에게는 그것을 거부할 수 있는 힘이 주어지지 않는다. 아마 치치코프 자신에게도 그의 내면에서 나오는 욕망과는 다른, 그를 그 어느 곳인가로 이끄는 욕망이 있을 것이고 그의 냉혹한 존재 안에도 마침내는 인간을 저 천상의 슬기 앞에 무릎을 꿇게 하고 재로 화하게 만드는 그 어떤 것이 숨어 있는지도 모른다.

어쨌든 다시 우리의 주인공 뒤를 따라가보기로 하자. 우리는 주인공이 잠들어 있는 사이에 혹시 그가 잠이 깨어 우리 소리를 듣고 있는지 생각도 않은 채 너무 크게 말해버렸다. 그는 자존심이 강한 사람이어서 자신을 존경하지 않는다는 우리의 이야기를 들었다면 크게 불만스러워할 것이다. 독자로서야 상관없는 일이겠지만 작가는 어떤 경우라도 자신의 주인공과 싸우면 안 된다.

"이봐, 셀리판! 이게 도대체 뭐하는 짓이야!"
치치코프가 셀리판에게 말했다.

"뭐가요?"

"뭐냐고? 이런 바보 멍청아! 도대체 마차를 어떻게 모는 거야? 채찍질을 더 못할까!"

실제로 셀리판은 아주 가끔 고삐를 흔들어 잠에 취한 말들의 옆구리를 때리면서 천천히 마차를 몰고 있었다. 셀리판이 말들에게 채찍을 가하자 마차는 다시 힘을 내서 달리기 시작했다. 치치코프는 여느 러시아인처럼 빨리 달리는 것을 좋아했다. 머리가 핑핑 돌도록 진탕 먹고 마신 후에 이따금 "제길 될 대로 되라지!"라고 외치길 좋아하는 러시아인치고 달리는 것을 좋아하지 않을 자가 누가 있겠는가? 그럴 때면 마치 눈에 보이지 않는 날개에 올라탄 듯 모든 것이, 자기 자신도, 이정표도, 전나무와 소나무가 우거진 숲도, 어디론가 까마득히 이어지는 길도 휙휙 함께 날아가니 어찌 좋아하지 않을 수 있겠는가!

그때는 잇달아 나타나는 것이 눈에 띄지도 않는다. 움직이지 않는 것이란 머리 위의 하늘, 가볍게 떠 있는 구름, 그리고 구름 사이에 모습을 보이는 달뿐이다.

러시아여! 너도 그렇게 달려가고 있구나! 네가 달려가는 길

제11장

149

에는 먼지가 뽀얗게 일고 다리는 울리고 모든 것은 뒤로 물러간다. 옆에서 보고 있던 자는 마치 하늘에서 번쩍이는 번개를 본 것처럼, 흡사 하나님의 기적을 본 것처럼 걸음을 멈춘다.

사람들에게 공포감을 주는 이 엄청난 질주는 무엇을 뜻하는가? 너의 그 신비스러운 말(馬) 속에는 그 어떤 알려지지 않은 힘이 숨겨져 있는가? 오오, 말이여, 말이여! 더없이 훌륭한 말이여! 너희 갈기 속에 회오리바람이 숨겨져 있는가?

저 천상에서 귀에 익은 노랫소리가 들린다. 그러자 그대 말들은 가슴을 동여맨 구리줄을 조이고, 발굽을 거의 땅에도 대지 않은 채 허공을 가르며 하나님의 영감을 받아 앞으로 나아가는구나!

러시아여! 너는 어디로 돌진하는 거냐? 오, 나의 러시아여, 대답하라! 하지만 대답이 없도다. 방울은 신비로운 종소리를 내고 조각난 공기는 천둥소리를 내며 바람으로 변한다. 러시아여, 온 세상을 넘어서 날아가라! 어느 날, 모든 다른 국가들이 옆으로 비켜서서 그대 러시아에 길을 내줄 터이니!

제
2
부

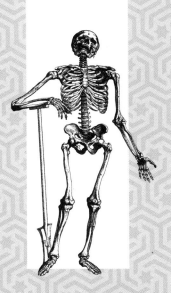

제1장

　　내가 우리나라의 외진 산간벽지에서 온갖 사람들을 캐내어 그들의 가난, 결점, 불완전한 삶을 이렇게 적나라하게 묘사하는 것은 무엇 때문인가? "작가가 원래 그렇게 생겨먹었고, 그게 바로 작가의 특성이니 달리 어찌할 수 있겠는가?"라고 말한다면 변명이 될 수 있을까? 어쨌든 우리는 또다시 다른 외진 산간벽지로 눈길을 돌리는 수밖에 없다. 자, 이번에는 어떤 산간벽지일까?

　　거대한 산 구릉들이, 총안과 보루가 있는 거대한 성벽처럼, 광활하기 이를 데 없는 평원 위로 까마득한 절벽을 이루며 1,000킬로미터 이상 저 높은 하늘을 향해 뻗어 있다고 상상해보라. 절벽 이곳저곳이 물줄기와 도랑으로 주름져 있었으며, 때로는 마치 새끼 양가죽을 뒤집어쓴 것처럼 관목들에 뒤덮여 아름다운 둥근 언덕 모양을 이루기도 했고, 때로는 울창한 숲을 이루며 웅장하게 솟아올라 있기도 했다. 산들을 따라 강물은 굽이굽이 흐르면서 때로는 멀리 초원 속으로 모습을 감추었다가 다리, 풍차, 제방 들의 호위를 받으며 다시 모습을 드러내기도 했다.

그중 어느 한 곳, 가파른 산언덕이 마치 곱슬머리 같은 울창한 푸른 나무들로 덮여 있는 곳이 있었다. 거친 절벽들이 은신처 구실을 해준 덕분에 인공적으로 심긴 남쪽과 북쪽의 식물들이 모두 이곳에 몰려들어 있는 것 같았다. 떡갈나무, 전나무, 문배나무, 단풍나무, 벚나무, 가시나무, 아카시아, 마가목 등이 서로의 성장을 돕거나 억제하며 기슭에서부터 산꼭대기에 이르기까지 기어오르고 있었다. 그리고 산 정상 부근에는 빨간 지붕의 지주 저택과 농가들이 뒤섞여 마을을 이루고 있었다. 나무 꼭대기와 지붕이 한데 어울려 있는 가운데, 고풍스러운 목조 교회 건물 지붕 다섯 개가 금도금을 한 채 솟아 있었다. 그 지붕들 위로는 금세공한 십자가들이 역시 세공된 금 사슬로 고정되어 있어서, 먼 곳에서 보면 마치 불타오르는 금 화들이 공중에 떠 있는 것 같았다.

이 모든 것들, 즉 나뭇가지, 지붕, 십자가의 모습이 강물에 거꾸로 비쳐져 아름다운 자태를 뽐내고 있었다. 가지와 잎을 늘어뜨린 버드나무들이 때로는 홀로 강변에 서 있거나, 때로는 거의 다 물에 잠긴 채 서 있어서, 마치 그 신비로운 풍광을 음미하고 있는 것 같았다.

그런 식으로 바라보는 경치도 일품이었지만, 저택의 높은 다락방에서, 위로부터 아래로 내려다보는 경치는 더욱 보기 좋았다. 어떤 손님이나 방문객도 발코니에 그냥 무심코 서 있을 수가 없었다. 그 누구건 그 끝없이 펼쳐진 장관 앞에서 놀란 나머지 가슴이 벅차올라, "오 맙소사! 이렇게 광활할 수가!"라고 감탄하지 않을 도리가 없었다. 정말 끝도 없는 광경이 펼쳐져 있었다.

숲과 물방앗간이 여기저기 흩어져 있는 초원 너머로 또 다른 숲이 푸른 띠를 이루며 펼쳐져 있고, 그 숲 너머로는 안개가 자욱한 대기 사이사이에 모래가 노란빛을 발하고 있었다.

그리고 이어서 또다시 숲이 펼쳐지고 다시 모래가 창백한 노란빛을 띤 채 나타났으며, 아득히 먼 지평선 너머로는 하얀 산의 능선이 잇닿아 있어 흐린 날에도 마치 영원한 태양이 비추고 있는 듯, 분필처럼 하얗게 빛나고 있었다. 눈부시게 하얀 산의 기슭 이곳저곳에는 마치 안개가 피어오르듯 청회색 점들이 어른거렸다. 멀리 떨어져 있는 또 다른 마을의 모습이었으나 이미 사람의 눈으로는 식별하기가 어려웠다. 발코니에 서 있는 손님은 두 시간가량 그 광경에 넋을 잃고 있다가 다시 한 번, "오오, 맙소사! 얼마나 광활한가!"라고 감탄사를 발할 수밖에 없었다.

마치 난공불락의 요새처럼 이쪽을 통해서는 들어갈 수 없고 반대편을 통해서만 들어갈 수 있는 이 마을의 영주는 누구일까?

반대편으로 마을에 다가가면 흩어진 참나무들이 마치 정답게 포옹하듯 손님을 맞으며 저택 정문으로 그를 인도한다. 뒤편에서 빨간 지붕만 보였던 집이 이제 얼굴을 마주하고 정면에 서 있다. 그 집의 한쪽 편으로는 농가들이, 다른 쪽 편으로는 금빛을 빛내는 십자가가 솟아 있는 교회가 있다. 그렇다면 이곳, 세상의 구석을 소유하고 있는 행운아는 도대체 누구란 말인가? 그는 바로 30대의 나이에 아직 미혼인, 트레말라한스크 군의 지주 안드레이 이바노비치 텐테트니코프였다.

그가 대체 어떤 매너를 지닌 사람이며 어떤 특성과 자질을 지닌 사람이냐고 내게 묻는 여성 독자가 있다면, 마을 사람들에게 물어보라고 권하고 싶다. 이제는 완전히 사라진 종족에 속하는, 약삭빠르고 다혈질인 예비역 영관급 이웃은 "그놈은 천하에 없는 개자식이야"라고 말하리라. 10킬로미터쯤 떨어진 곳에 사는 장군은 "어리석지는 않은 젊은이야. 하지만 머릿속에 너무 다양한 지식을 집어넣었어. 내가 도와줄 수도 있는 형편인데…… 내겐 상트페테르부르크에 연줄이 있단 말이야. 게다가……"라며 말을 끝맺지 못할 것이다. 또한 군 경찰서장은 즉답을 피하며 "내일 그에게 체납금을 받으러 가야겠어"라고 말할 것이고, 마을 농부에게 물으면 아무 대답도 하지 않을 것이다. 요컨대 그에 대한 마을 사람들의 평판은 그리 좋은 편이 아니었다.

하지만 공평하게 말한다면 그는 결코 나쁜 사람이 아니었다. 다만 약간 몽상적인 기질을 지닌 사람일 뿐이었다. 이 세상에는 그런 사람이 많은 법이니 그 사람이라고 해서 그러지 말란 법은 없지 않겠는가?

자, 여기서 독자 여러분에게 여느 날들과 다름없는 그의 하루 일과를 예로 보여주겠다. 그것을 보고 그의 성격이 어떠한지, 그의 삶이 그를 둘러싸고 있는 아름다운 풍광들과 어울리는지 아닌지 독자 여러분 스스로 판단해보기 바란다.

그는 아침에 아주 늦게 일어나며 잠에서 깨어나 몸을 일으킨 이후에도 오랫동안 눈을 비비며 침대에 앉아 있는다. 불행히도 그는 눈이 아주 작았기 때문에 눈을 비비는 데 시간이 오래 걸렸던 것이다. 그러는 동안 문가에는 하인이 세숫대야와 수건을 들고 서 있다. 불쌍한 하인은 한두 시간을 기다리다가 부엌으로 갔다 다시 왔지만 주인 나리는 여전히 눈을 비비며 침대에 앉아 있다.

이윽고 그는 침대에서 일어나 얼굴을 씻은 후, 객실로 가서 차, 커피, 카카오와 갓 짜낸 우유를 모두 조금씩 마시고, 빵 부스러기를 사방에 떨어뜨리고 사방에 담뱃재를 흩뿌린다. 그렇게 그는 거의 두 시간가량 차를 마시며 앉아 있다가 식은 찻잔을 들고 창가로 간다. 그리고 하인들이 하찮은 일로 승강이를 벌이는 것을 한참 동안 무심코 바라보다가 서재로 간다.

그는 점심 식사 전까지 두 시간 동안 서재에 틀어박혀 저술에 몰두한다. 그의 저술은 현재 러시아가 당면하고 있는 어려운 문제를 사회적·정치적·종교적 관점 등 모든 측면에서 명쾌히 해결하고 러시아가 나아갈 미래의 방향을 명확하게 결정하려는 것이었다.

하지만 이 웅대한 계획은 언제나 구상에서 끝나고 만다. 펜은 입술로 깨물어 못쓰게 되어버리고 종이 위에는 온갖 낙서 그림만 그려져 있을 뿐이었다. 그는 그것들을 옆으로 치워버린 후 책을 손에 쥔다. 그리고 그 책을 점심 식사가 끝날 때까지 전혀 손에서 놓지 않는다.

점심 식사 후 저녁 식사 때까지 그는 무엇을 할까? 정말이지 그걸 말하기는 쉽지 않다. 그냥 아무것도 하지 않는 것 같기 때문이다.

이 정도면 이 서른세 살의 젊은이가 외진 이곳에서 어떤 식으로 시간을 축내며 지내고 있는지 대충 그림이 그려질 것이다. 텐테트니코프는 결코 외출하지 않았으며 특별히 즐기는 것도 없었고, 위층에 올라가지도 않았다. 그는 창문을 열어 신선한 공기를 호흡하려 하지도 않았고, 그렇기에 이곳을 방문한 사람에게 감탄사가 절로 나오게 하는 아름다운 경치도 그에게는 전혀 존재하지 않는 것과 같았다.

안드레이 이바노비치 텐테트니코프는 어찌하여 그런 사람이 된 것일까? 선천적으로 타고난 것일까, 아니면 후천적으로 그런 성격이 된 것일까? 그에 대해 내가 답을 해주는 대신, 어린 시절 그가 받은 교육에 대해 잠시 알아보는 것이 더 나을 것이다.

열두 살이었을 때의 그는 영리했으며 약간 몽상적이었고 병약했지만 꽤 성공적인 인물이 될 조건을 갖추고 있었다고 볼 수 있다. 그는 대단히 훌륭한 인물이 교장으로 있는 학교에 들어갔다. 학교 교장인 알렉산드르 페트로비치는 학생들의 우상이었으며 교사들에게는 찬탄의 대상이었고 사람의 본성을 파악하는 능력을 타고 난 사람이었다. 그는 러시아인의 기질에 대해 얼마나 잘 알고 있었던가! 그는 아이들을 얼마나 잘 이해하고 있었던가!

그는 아이들에게 나쁜 짓을 하지 말라고 강요하지 않았다. 그는 단지 이렇게 말했다.

"나는 여러분이 지혜롭게 되기를 바랄 뿐, 다른 건 아무것도 원하지 않아요. 슬기로워지기를 바라는 사람이라면 어리석은 장난을 칠 겨를도 없을 거예요. 그렇게 되면 나쁜 짓은 저절로 사라지겠지요."

실제로 학교에서 못된 장난이 저절로 사라졌다. 더 나은 사람이 되기 위해 노력하지 않는 아이들은 다른 아이들의 경멸을 받았다. 우둔한 자는 나이 어린 친구들로부터 다 큰 당나귀니, 바보니 하는 놀림을 받았지만 참아내야만 했고, 바보 같은 짓을 하지 않으려 애를 써야만 했다.

교장은 아이들을 정말 사랑했다. 하지만 그는 아이들에게 똑같은 교육을 하지 않았다. 능력이 모자란 아이들은 단기 교육으로 그치게 하고 능력 있는 아이들은 두 배의 과정을 거치도록 했다. 그는 그렇게 선별된 학생들을 다른 학교와는 전혀 다른 방식으로 교육했다. 다른 학교라면 학생들에게 결코 요구하지 않는 것을 그는 요구했다. 그는 남을 비웃지 말 것, 온갖 조롱을 참아낼 것, 바보를 용서해주고 그에게 화내지 말 것, 자제력을 잃지 말 것, 보복하지 말 것, 영혼의 평온함을 의연하게 간직할 것을 요구했다. 그는 한 인간을 굳건한 존재로 만들 수 있는 것이라면 무슨 일이건 실제로 활용했으며 언제나 학생들에게 실험했다. 그는 삶의 기술을 참으로 잘 이해하고 있었던 것이다.

그의 학교에는 교사들이 많지 않았다. 대부분 자신이 직접 가르쳤기 때문이다. 현학적인 용어나 과장된 학설을 내세우지도 않고 그는 아이들에게 학문의 본질을 가르칠 줄 알았다. 그가 생각한 학문의 본질이란 학생을 제구실할 수 있는 국민의 한 사람으로 키우는 것이었다. 그래서 그의 강의 대부분은 학생들의 앞날에 어떤 것이 기다리고 있는가를 그들 스스로 생각하게 하는 것으로 이루어졌다.

그는 학생들 앞에 놓여 있는 온갖 제약과 장애물, 온갖 유혹과 시련을 숨김없이 아이들에게 이야기해주었다. 그 결과 아이들은 더 많은 난관과 장애물이 있는 곳, 더 어려운 곳, 보다 큰 영혼의 힘을 필요로 하는 곳을 일부러 찾아다니게끔 되었다. 그의 교육을 무사히 마친 학생은 소수에 불과했지만 그들은 이미 강철처럼 단련되어 있었다.

안드레이 이바노비치 텐테트니코프도 다행히 그 학급에 들어갈 수 있었다. 그런데 그가 그 학급에 들어가자마자 이 비범한 선생은 홀연 세상을 떠나고 말았다. 아아, 그에게 얼마나 큰 타격이었으며 얼마나 큰 손실이었던지!

교장이 새로 오고 모든 것이 바뀌었다. 새로 온 교장 표도르 이바노비치는 어른들에게만 요구할 수 있는 것을 아이들에게 요구했다. 그는 부임하자마자 아이들의 장난을 방치하지 않고 엄격하게 금했으며 벌을 주었다. 하지만 결과는 정반대였다. 그전에는 나쁜 장난이 없던 학교에 장난이 판을 치게 되었다. 또한 새로운 선생들이 와서 마구 현학적인 학문을 가르치기 시작했다. 아이들에게는 마치 시체처럼 죽은 학문이었다. 그러자 학교에서 윗사람과 권위에 대한 존경심이 사라졌다. 아이들은 교사들을 조롱하기 시작했다. 그리고 도를 넘어선 방탕한 행실이 만연하자 많은 학생이 퇴학당했다. 불과 2년 만에 학교는 알아볼 수 없게 변해버린 것이다.

텐테트니코프는 조용한 성품이었기에 그런 난장판에 끼어들지 않았다. 대신 그는 의기소침해졌다. 이미 전에 자극을 받은 바 있어 명예심은 잔뜩 고취되어 있었지만 그에게 그 명예심을 발휘할 현실과 활동 무대가 없었다. 그는 의학, 철학, 법률, 문화사 같은 강의를 들었지만 그냥 파편적 지식으로만 머리에 들어 있을 뿐이었다. 그는 자주 알렉산드르 페트로비치를 그리워했고, 그럴 때마다 우울해졌다.

졸업 후 그는 상트페테르부르크로 갔다. 그는 아직 젊었기에 가슴은 고동치고, 명예로운 삶을 살리라는 희망에 부풀어 있었다. 청춘은 미래가 있기에 행복한 것이 아닌가!

그러나 명예를 향한 그의 꿈은 4등 문관이었던 그의 삼촌 오누푸리 이바노비치를 만나자마자 첫 순간부터 좌절을 맛보았다. 삼촌은 그에게 무엇보다 필요한 것은 훌륭한 필체이며 정서법(正書法)을 익히는 것부터 출발해야 한다고 말했다. 그는 삼촌의 도움으로 마침내 어떤 관공서에서 일자리를 얻을 수 있었다.

하지만 그는 그 일과 친해질 수 없었다. 그 모든 일이 너무 이상해 보였고, 이런 사회생활을 하기 위해 수업을 받던 시절이 지금의 사회생활보다 나은 것처럼 여겨졌다. 그는 학창 시절을 그리워하기 시작했으며, 갑자기 알렉산드르 페트로비치가 마치 살아 있는 듯 그의 눈앞에 나타나 울음이 터질 뻔한 적도 있었다.

급기야 그는 상관과 싸우고 사직했다. 그를 달래려는 삼촌에게 그가 말했다.

"삼촌, 제게는 300명의 농노와 영락해가는 영지가 있어요. 저 대신 다른 사람이 관청 일을 본다고 해도 나라에는 아무런 손실도 없어요. 하지만 제 영지 관리인이 엉터리라서 세금을 제대로 내지 못한다면 그건 나라에 큰 손실이지요. 삼촌이 어떻게 생각하시건 전 지주이고 그게 제 직책이에요."

"아니, 그런 시골에 처박혀 어떻게 지내겠다는 거냐? 농민들 사이에는 사교 모임도 없잖아. 이러니저러니 해도 여기서 지내면 거리에서 장군이나 공작과 마주칠 수 있지 않니? 이곳에는 계몽된 유럽이 있는데, 거기서는 농민이나 아낙네만 마주칠 뿐이잖니? 왜 자기 자신을 그런 무지의 어둠 속에 가두려는 거니?"

하지만 삼촌의 말은 그에게 아무런 설득력도 없었다. 그의 마음속에서는 그의 마을이 이미 그 어떤 자유로운 안식처, 사색과 명상을 키울 수 있는 곳, 자신에게 가장 알맞은 활동 무대로 여겨지기 시작한 것이다.

그는 자기 영지로 돌아왔다. 그리고 그의 가슴은 고동쳤다. 자기 영지의 그 울창한 숲을 바라보며 그가 "저건 누구의 숲인가요?"라고 물었을 때 "텐테트니코프 님의 숲이에요"라는 대답을 듣고, 또한 그 넓은 목초지와 경작지를 손가락으로 가리키며 "저건 누구의 땅인가요?"라고 물었을 때 역시 "텐테트니코프 님의 땅이에요"라는 답을 들었을 때, 그의 내부에서는 격렬한 무언가가 용솟음쳤다.

"아아, 나는 이제까지 얼마나 바보였던가! 운명이 나를 이런 지상낙원의 임자로 점지해주었건만 자신을 스스로 얽맨 채, 죽은 문서나 작성하고 있었다니!"

그는 열심히 영지를 관리하기 시작했다. 엉터리 관리인을 해고하고 부역 노동을 축소했으며 농노들에게 자신들의 땅을 돌볼 시간을 늘려주었다. 그리고 직접 영지를 돌아다니며 이런저런 일에 관여하기 시작했다. 그러나 그가 현실을 파악하는 데는 그리 긴 시간이 필요하지 않았다. 지주의 땅을 경작하는 농노들은 게으름을 피웠고 그를 속였으며 온갖 농땡이와 주먹다짐을 했고 그들 사이에는 유언비어가 판을 쳤다.

그는 농노들을 엄격하게 대하려고도 해보았고 아이들을 위해 학교를 세우려고도 해보았다. 하지만 사람을 엄격하게 대하는 것은 그의 체질과 거리가 멀었고 아이들은 열 살 때부터 이미 학교가 아니라 일터의 조수가 되어 살아 있는 교육을 받고 있었다.

영지를 돌보는 일에 좌절한 그는 자기 영지의 아름다운 경관에 마음을 두려 했다. 그러나 그것도 곧 싫증이 나기 시작했다. 그는 들판으로 향하던 발길을 뚝 끊고 자기 방에 틀어박힌 채 관리인의 보고조차 받지 않았다. 그리고 이웃 사람이 찾아오면 집에 없다 전하라고 하고는 부주의해서 창문에 모습을 드러내기도 했다. 방문했던 사람은 "짐승 같은 놈!"이라고 이를 부드득 갈았고, 그런 일이 있고 나서 모든 이들과의 교제도 끊어졌다.

그는 조금도 진전이 없는 저술에 몰두하며 이따금 흐느꼈다. 그의 흐느낌은 무엇을 의미하는가? 그것은 병든 영혼이 그 속에 숨겨진 비밀스러운 고통을 밖으로 드러낸 것인가? 확고한 인격적 토대가 형성되기 전에 성장과 교육이 멈춰버린 것을 애도하는 것인가? 어린 시절부터 불행과 싸워본 경험이 없었기에 눈앞에 닥친 장애물을 뛰어넘을 강인한 정신의 단계에 이르지 못했음을 의미하는가? 그의 내부에 축적되어 있던 위대한 감수성이 금속처럼 열기에 녹은 다음 제대로 담금질이 되지 않은 것을 뜻하는 것일까? 아니면 비범한 스승이 너무 일찍 세상을 떠난 것을 애도하는 것인가? 그리하여 그의 무기력한 의지를 고양해주고 영혼을 뒤흔들며 "앞으로!"라고 외쳐줄 사람이 없음을 애도하는 것인가?

그런 그에게 어떤 사건이 벌어져 그의 성격에 일대 변화가 올 뻔한 적이 있었다. 그가 사랑 비슷한 것을 느끼게 된 것이다. 하지만 결국 그 일도 흐지부지되고 말았다. 간단하게 사태의 전말을 이야기해보자면 다음과 같다.

그의 영지와 10킬로미터 정도 떨어진 곳에 장군 한 명이 살고 있었다는 것은 앞서 말한 바 있다. 장군은 이웃 사람이 자기를 방문해서 경의를 표하는 것은 좋아했지만 자신은 결코 이웃을 방문하지 않았다. 그런데 그에게는 별난 딸이 한 명 있었다. 성격이 별나다는 게 아니라 아버지에 비해서 별나다는 뜻이다. 그녀는 아버지와 달리 그 존재 자체로 생기가 넘쳤다.

그녀의 이름은 올린카였다. 어머니를 일찍 여의고 아버지가 애지중지 키운 탓에 자기주장이 강하고 고집이 셌지만 그녀가 화를 낼 때는 자신을 위해서가 아니라 남을 위해서였다. 그녀는 누군가 부당한 일을 당하는 것을 조금도 참아내지 못

제1장

167

했다. 그리고 누가 돈을 달라고 청하면 앞뒤 가리지 않고 지갑을 털어주었으며 정열적이기도 했고 무엇보다 솔직했다.

마음이 선량하지 못한 사람은 그녀 앞에 서면 왠지 모르게 당황했다. 평소에 말을 잘하고 재치가 있던 사람도 그녀 앞에서는 할 말을 찾지 못해 어쩔 줄 몰라 했다. 하지만 평소에 수줍음이 많던 사람은 정반대였다. 그녀 앞에서는 평생 이렇게 허물없는 이야기를 나누어본 적이 있을까, 하는 생각이 들 정도로 자연스럽게 그녀와 이야기를 나눌 수 있었다. 마치 그녀의 모습 자체가 예전부터, 저 어린 시절부터 알던 것 같고, 얼굴도 본 것같이 여겨졌다.

그녀를 본 순간, 그런 일이 텐테트니코프에게도 일어났다. 말로는 표현하기 어려운 새로운 감정이 그의 안에서 싹텄다. 그리고 지루하기만 했던 그의 생활에도 활기 비슷한 것이 찾아왔다. 하지만 그것은 잠깐이었을 뿐 장군과 텐테트니코프간의 관계가 어그러지면서 그 감정도 사라지고 말았다.

어느 날 그가 장군의 집을 방문했을 때, 장군의 친척인 백작 부인과 공작이 찾아왔다. 그들이 오자 장군은 그들 앞에서 위세를 부리고 싶어서였는지 텐테트니코프를 약간 무시하거나 만만한 사람 대하듯 했다. 장군이 그를 약간 경멸하는 말투로 '이봐' '알겠나?' '여보게' 등으로 불렀고, 심지어 '너'라는 호칭까지 쓴 것이었다. 이제까지 꾹 참고 있던 텐테트니코프도 '너'라는 말에는 폭발했다.

그러나 그는 감정을 자제하고 정중하게 말했다.

"장군님, 친밀한 표시로 제게 '너'라고 말씀해주시니 감사합니다. 저를 '너'라고 표현해주시니 저도 '자네'라고 불러드려 마땅하겠지만 나이 차가 이렇게 나다보니 정상적인 교제가 어렵겠습니다."

결국 그들의 왕래는 끊기고 사랑은 그렇게 시작도 되기 전에 흐지부지 끝나버렸다. 그리고 그에게는 우리가 앞에서 살펴본 바 있는 무위도식의 삶이 시작되었다. 집은 누추해지고 무질서해졌다. 쓰레기가 여기저기 넘쳤고 바지가 응접실에 뒹굴기도 했다. 하인들은 더는 그를 존경하지 않았고 심지어 암탉들마저 그를 부리로 쪼아댈 만큼 그의 존재는 초라해졌다. 그는 점점 더 우울해졌고 이 세상에 행복은 없다고 믿게 되었으며, 완전히 따분한 인간이 되고 말았다.

그러던 어느 날이었다. 그는 평소 습관대로 손에 파이프와 찻잔을 들고 창가로 다가갔다. 그런데 여느 때와는 달리 뭔가 소란스러운 소리가 들렸다. 부엌에서 일하는 아이와 청소부가 뛰쳐나와 대문을 열자 마치 개선문에 새겨진 것 같은 말들이 안으로 들어섰다. 마부석에는 마부와 하인이 앉아 있었고 그 뒤에 테 없는 모자를 쓰고 외투를 입은 주인의 모습이 보였다. 마차가 현관 앞에 이르자 신사가 마차에서 뛰어내렸다.

신사는 안으로 들어오더니 텐테트니코프에게 정중하게 인사한 후, 자신은 그 어떤 호기심에 이끌려 러시아 전역을 돌아다니고 있으며 마을의 그림 같은 풍광에 매료되어 이 지역으로 들어왔다가 마차가 파손되는 바람에 결례하게 되었다고 말했다.

말을 마친 후 손님은 통통한 체구임에도 불구하고 마치 고무공처럼 사뿐 뒤로 약간 물러났다.

텐테트니코프는 이 사람이 호기심 많은 학자이리라고 생각했으며 식물이나 화석을 채집하기 위해 러시아 전역을 돌아다니는 것이리라고 결론 맺었다. 그리고 기꺼이 마차를 수리하기 위한 모든 조치를 해줄 것이라고 말했다.

텐테트니코프가 교수로 오해한 그 사람은, 우리가 오랫동안 방치해두었던 우리의 친애하는 파벨 이바노비치 치치코프라는 것을 독자 여러분은 이미 눈치챘을 것이다. 그는 다소 늙었다. 아마도 풍파를 좀 겪은 것 같았다. 재정 상태 역시 남들이 부러워할 정도에 이르지는 못한 것 같았다. 하지만 얼굴 표정이나 예의범절, 몸가짐은 여전했다. 말투는 더 부드러워졌으며 말을 하거나 표현을 할 때 한결 절제가 있었고 모든 면에서 더욱 재치가 있어진 것 같았다. 옷깃과 와이셔츠는 눈처럼 하얗고 깨끗했으며 막 길에서 들어섰음에도 불구하고 연미복에는 먼지 하나 묻지 않았다. 게다가 얼굴도 아주 깨끗하게 면도를 한 상태였다.

치치코프가 그 집에 머물게 되자 순식간에 변화가 일어났다. 여태껏 창 덧문에 못이 박혀 있어 어두컴컴했던 집의 절반이 갑자기 환하게 빛나게 되었다. 그리고 햇살을 받은 방들에 필요한 것들이 놓이게 되고 그 모습이 확 변해버렸다. 그의 침실로 정해진 방으로 물건이 날라져 왔다. 서재로 정해진 방으로도…….

처음 며칠 동안 텐테트니코프는 이 새로운 손님으로 인해 자신의 자유로운 생활이 방해를 받을까봐 염려했다. 하지만 그것은 공연한 기우였다. 치치코프는 순식간에 새로운 환경에 적응하는 데 천재였다. 그는 주인의 느긋한 생활이 그에게 장수를 보장해줄 것이라고 칭송했고, 은둔 생활은 인간에게 위대한 사상을 키워줄 것이라며 아주 기분 좋게 말해주었다.

그의 행동도 아주 적절했다. 알맞을 때 나타나서 알맞을 때 물러날 줄 알았고, 주인이 말을 하고 싶어하지 않는 기색을 보이면 쓸데없는 말을 걸어 주인을 성가시게 하지 않았다. 한마디로 말해 그는 주인에게 조금도 방해가 되지 않았다.

그와 며칠을 지내고 나서 주인은 생각했다.

'이제야 비로소 함께 지낼 수 있는 인간을 만났군. 평생을 함께해도 전혀 싸울 이유가 없는 사람은 드문 법인데, 이 사람이 바로 그런 사람이야.'

치치코프로서도 그렇게 평화롭고 온순한 텐테트니코프 집에 머물게 된 것이 여간 기쁘지 않았다. 그는 집시처럼 떠도는 생활에 다소 넌더리를 내고 있었다. 이 아름다운 시골 마을에서 아름다운 들판과 갓 피어나는 봄 기운을 느끼며 한 달 정도 휴식을 취하면 치질에도 좋은 약이 되리라고 생각했다.

정말 봄이 약동하고 있었다. 이미 숲에는 푸른 기운이 감돌기 시작했고, 에메랄드빛 새순 사이로 민들레가 노란색을 뽐내고 있었으며 연보랏빛 아네모네도 고개를 숙이고 있었다. 아, 얼마나 신선한가! 정원에서 들리는 새소리는 또 어떻고! 사방에 기쁨, 환호성이 넘치는 천국에 온 것 같았다.

치치코프는 이곳저곳을 마구 돌아다녔다. 산책하며 즐길 곳이 사방 천지에 있었다. 그는 관리인도 만나고 농부도 만났다. 그리고 나중에 자기가 수중에 돈을 쥐게 되면 이런 곳의 지주가 되리라고 다짐했다. 치치코프뿐 아니라 페트루시카도, 셀리판도, 심지어 말들까지도 이곳을 마음에 들어하며, 이른바 안착했다.

하지만 치치코프는 자기의 과업을 잊지 않고 있었다. 그는 텐테트니코프와 죽은 농노 문제를 논의하는 것이 불가능하다는 것을 깨닫고 적절한 대상을 물색했다. 그리고 관리인을 통해 10킬로미터쯤 되는 거리에 퇴역 장군의 영지가 있다는 것을 알아냈다.

제1장

제2장

말들이 반 시간 정도 달린 끝에 치치코프를 장군의 영지 한가운데로 인도했다. 보리수 가로수 길에서 오른쪽으로 꺾자 포플러 가로수 길로 바뀌었고 그 길은 곧장 격자 철문으로 이어졌다. 그리고 여덟 개의 코린토스 양식 주랑이 떠받치고 있는 정교하게 세공된 장군의 저택 정문이 보였다. 사방에서 페인트 냄새가 풍겼으며 모든 것이 새롭게 단장되어 낡은 구석이라곤 없었다. 뜰조차 마치 세공된 마루처럼 깨끗하기 이를 데 없었다. 치치코프는 정중하게 마차에서 내린 뒤 자신이 방문했음을 장군에게 전하라고 지시했고, 얼마 후 장군의 서재로 안내되었다.

장군의 모습을 보자 치치코프는 존경심과 두려움을 동시에 느꼈다. 그는 공손하게 고개를 숙인 후 마치 찻잔이 놓여 있는 쟁반을 떠받치듯 두 손을 들어 올린 채 온몸을 숙여 장군에게 인사하며 말했다.

　　"저는 각하를 찾아뵙는 것을 제 의무로 생각했습니다. 저는 전장에서 조국을 구하신 용감한 분들을 향해 언제나 깊은 존경심을 품고 있었습니다."

　　치치코프의 이 저돌적인 언사에 장군은 별로 불쾌해하지 않는 것 같았다. 장군은 진심으로 고개를 숙여 호의를 표하며 물었다.

　　"당신을 알게 되어 기쁘오. 자, 편하게 자리에 앉으시오. 그런데 당신은 어디서 근무했소?"

　　"저로 말하자면……."

　　치치코프는 소파 한가운데가 아니라 모서리에 비스듬히 앉으며 소파 손잡이를 잡고 말했다.

　　"저는 처음에는 세무서에서 근무했습니다. 그 후 현의 고등법원, 건설위원회, 세관 등 여러 곳에서 일했습니다. 제 삶은 마치 바다 위를 떠도는 배처럼 인내로 점철된 것이었습니다.

제 생명까지 노리는 적들에게 둘러싸여 당한 고통은 이루 필
설로 다할 수 없을 정도입니다. 이제 삶의 내리막길에서 여생
을 보낼 작은 보금자리를 찾는 중입니다. 요즘은 각하의 가장
가까운 이웃에 기거하고 있습니다."

"그게 누구 집이오?"

"텐테트니코프의 집입니다, 각하."

장군이 눈살을 찌푸렸다. 텐테트니코프에 대한 평판 때문
이었다. 치치코프는 텐테트니코프가 장군을 존경하고 있으며
역사책을 저술하고 있는 훌륭한 사람이라고 치켜세웠다. 특히
나폴레옹과의 전쟁에서 활약한 장군들을 중심으로 한 책을
저술하고 있다고 말하자 장군의 기분이 좋아졌다.

장군과 이런저런 대화를 나누다가 치치코프는 기회를 잡아
말했다.

"각하, 각하께서 이토록 너그러우시고 신중하시니 긴히 부
탁을 한 가지 드리려고 합니다."

"무슨 부탁을?"

"실은 각하, 제게 아주 늙은 숙부가 한 분 계십니다. 그에게
는 300명의 농노가 있습니다. 그런데 저 외에는 상속인이 없

습니다. 이제 나이가 들어 영지를 관리할 수 없는 형편인데도 제게 양도를 해주지 않습니다. 그러면서 정말 희한한 구실을 내세우고 있습니다. '난 너 같은 조카를 몰라. 어쩌면 어디서 굴러먹던 놈팡이인지도 몰라. 네가 먼저 내가 믿을 만한 사람이란 걸 증명해야 해. 네가 300명의 농노를 거느리게 되면 그때 내가 300명의 내 농노를 넘겨주지'라고 하는 겁니다."

"뭐야? 뭐 그런 친구가 다 있어? 완전 바보 아냐?"

"그가 바보인 건 상관없습니다. 그건 숙부 문제니까요. 그런데 제 입장에서 보면……. 각하, 숙부는 하녀장과 그렇고 그런 관계입니다. 그리고 하녀장에게는 아이들이 있습니다. 우물쭈물하다가는 제 재산이 그들에게로 넘어갈 겁니다."

"멍청한 노인네가 노망이 들었구먼. 그런데 내가 어떻게 당신을 도와야 하는지 모르겠군."

장군이 당혹스런 표정으로 치치코프를 바라보며 말했다.

"제가 생각해둔 게 있습니다. 각하께서 각하 영지에서 죽은 농노들을 마치 그들이 살아 있는 것처럼 「거래 확정서」와 함께 제게 넘겨주시면, 그 문서를 숙부에게 보여주고 상속을 받을 수 있을 것 같습니다."

치치코프가 말을 마치자 장군은 어떻게 사람이 저렇게 큰 소리로 웃을 수 있을까 하는 생각이 들 정도로 요란하게 웃음을 터뜨렸다. 심지어 그는 소파 위에 벌렁 자빠지기까지 했다. 놀라서 달려온 하인과 딸을 물러가게 한 뒤에도 그의 웃음은 그치지 않았다. 치치코프는 은근히 불안해지기 시작했다.

장군은 여전히 웃음을 그치지 않은 채 말했다.

"당신 숙부란 사람, 정말 완전히 바보처럼 한 방 먹겠군! 하하하, 너무 웃겨. 그래! 산 농노 대신 죽은 농노를 받을 거란 말이지! 하하하!"

치치코프는 속으로 '제길 왜 저리 웃어대는 거야'라고 툴툴거렸다.

장군이 다시 웃으며 말했다.

"정말 얼간이 같은 친구야! 뭐야? 먼저 빈손으로 300명의 농노를 마련하라고? 그러면 자기의 300명의 농노를 내주겠다고? 세상에, 그런 얼간이가 어디 있어?"

"정말 얼간이입니다, 각하."

"그 얼간이에게 죽은 농노들을 대령하겠다는 자네 생각은 또 어떻고? 너무 재미있어. 하하하! 자네가 그 얼간이에게

「매매 증서」를 내놓을 때 모습을 정말 보고 싶군. 자네 숙부지만 정말 얼간이야, 하하하!"

"그렇습니다. 저도 친척이니 인정하기는 싫지만 정말 얼간이입니다, 각하."

치치코프는 거짓말을 한 것이니 숙부가 얼간이라고 말하면서도 아무런 양심의 가책도 없었다. 그에게 숙부란 애당초 없었으니……

그는 일을 마무리 짓고 싶었다.

"그러니 각하, 혹시 선처를 베풀어주실 수 있으신지……"

"죽은 농노를 양도해달란 말이지? 재미있는 구경을 하게 생겼는데 안 해줄 이유가 있나? 그들의 땅과 집까지 쳐서 주지. 무덤도 다 가져가. 하하하, 자네 숙부가 한 방 먹겠군! 하하하!"

장군의 웃음이 다시 온 집 안에 메아리쳤다.

(역자 주: 이 뒷부분은 원고가 소실되었다. 다만 고골이 이 장(章)을 낭송한 것을 들은 사람들에 따르면 텐테트니코프는 장군과 화해하고 그와 울린카는 결혼하기로 한다. 치치코프는 두 사람의 결혼을 일가친척에게 알려달라는 장군의 청을 받아들인다.)

제3장

　　　　　'코시카료프 대령이 정말 미친 사람
이라면 나쁘지 않아.'

　마차에 앉은 치치코프는 넓은 들판을 바라보며 생각했다.

　그가 셀리판에게 말했다.

　"이봐, 셀리판. 코시카료프 대령 집으로 가는 길은 잘 알아
놓았겠지?"

　"아이고 주인님, 저는 보시다시피 마차 준비하는 일로 바빠
서…… 하지만 페트루시카가 마부에게 물어보았을 겁니다."

　"아니, 페트루시카에게 기대하지 말라고 했잖아. 그런 멍청
이 같은 놈에게…… 그놈은 지금 술에 취해 있을 거라고!"

어쨌든 마차는 내리막길을 내려가기 시작했다. 이윽고 마차는 초원과 물레방앗간을 지나쳐 다리를 건넜다. 이어서 언제 끝날지 모르는 거대한 검은 숲으로 들어섰고, 숲이 끝나자 갑자기 거울에 반사되는 것 같은 빛이 사방에 반짝거렸다. 이어서 지름이 4킬로미터는 됨직한 호수가 나타났다. 호수 맞은 편에 마을이 있었고 여기저기 통나무로 만들어진 농가가 흩어져 있었다.

호숫가에서 사람들의 고함이 들렸다. 스무 명 정도 되는 사람들이 허리, 어깨, 심지어 목까지 물에 잠겨 어망을 끌고 있었던 것이다. 그 사람 중에는 유난히 뚱뚱한 사람이 있었고, 그가 그 작업을 지시하고 있는 것이 분명했다.

그를 보고 셀리판이 말했다.

"주인님, 저 사람이 코시카료프 대령임이 틀림없습니다. 그의 몸이 다른 사람들보다 하얗고 엄청난 거구이니까요."

그사이 마차는 그들에게 다가갔고 마차에 앉은 치치코프를 발견한 거구의 사나이가 치치코프에게 말을 걸었다.

"어디, 점심은 드셨소?"

"아니, 아직 안 했습니다."

"잘됐소. 어획량도 풍부하니 함께 식사나 합시다."

치치코프는 코시카료프 대령으로 생각되는 사람과 나란히 마차를 몰아 마을로 들어섰다. 이윽고 저택 현관에 이르자 주인이 치치코프를 포옹했고 포옹이 끝나자 치치코프가 그에게 말했다.

"각하의 안부를 전하기 위해서 왔습니다."

"각하라니, 누구 말씀입니까?"

"당신의 친구인 알렉산드르 드미트리예비치 베트리셰프 장군 말입니다."

치치코프는 장군으로부터 자신의 친척인 코시카료프 대령을 만나보라는 이야기를 듣고 온 것이었다. 그런데 그가 코시카료프 대령이라고 생각한 사람이 엉뚱한 이야기를 했다.

"그게 누군데요? 모르는 사람입니다."

"그분을 모르신다고요? 저는 지금 코시카료프 대령과 이야기를 나누는 영광을 누리고 있는 것이 아닌가요?"

"그런 영광은 바라지도 마십시오. 전 표토르 페트로비치 페투호입니다."

치치코프는 '어떻게 된 거야?' 하는 표정으로 셀리판과 페트루시카를 향해 몸을 돌렸고, 둘 다 눈이 휘둥그레진 채 어쩔 줄을 몰랐다.

그러자 표토르 페트로비치 페투호가 말했다.

"아니, 하인들이 아주 잘한 겁니다. 당신과 나를 만나게 해 주었으니. 자, 자네들은 부엌으로 가게나. 보드카를 한 잔씩 주지."

치치코프가 어쩔 줄 몰라 하며 주인에게 말했다.

"정말 죄송합니다. 어쩌다 이런 실수를……."

"아니, 전혀 실수한 게 아닙니다. 우선 점심이나 들면서 정말 실수한 건지 아닌지 알아보십시다."

그때였다. 하인이 들어오며 플라토노프 미하일로비치 씨가 찾아왔다고 전했다. 그는 페투호 이웃에 사는 젊은 사람이었다. 아주 잘생긴 그가 들어서자 주인이 역시 "점심 드셨습니까?"라고 물었고 그가 했다고 대답했음에도 불구하고 막무가내로 식당으로 모두를 안내했다.

치치코프는 정말 어마어마한 점심을 대접받았다. 전채 요리만 먹고도 배가 부를 정도였으며 주인은 손님의 접시에 막무가내로 음식들을 얹었다. 식사가 끝나고 술을 마시며 치치코프는 찾아온 손님, 플라토노프 미하일로비치에 대해 잘 알수 있었다. 그는 형과 함께, 1만 헥타르의 영지와 1,000명이 넘는 농노를 소유한 지주였다. 하지만 그는 매사에 지루해했는데, 거의 우울증을 앓고 있다고 말할 수 있을 정도였다.

치치코프는 플라토노프의 눈을 바라보며 말했다.

"그렇게 모든 게 지루하시다면 여행을 가시지요. 저와 함께 말입니다."

치치코프는 그와 함께 이 지역 마을들을 다니게 된다면 안내도 쉽게 받을 수 있고 경비도 반쯤을 줄일 수 있다는 속셈이었다. 치치코프의 말을 듣고 플라토노프도 생각했다.

'그래, 한가하게 여기저기 못 돌아다닐 게 뭐야. 영지는 형이 알아서 다 잘 관리할 것이고……'

그가 치치코프에게 말했다.

"그렇다면 제 형 집에서 이틀 정도 머물지 않으시겠습니까? 그렇지 않으면 형이 나를 보내주지 않을 겁니다."

"좋습니다. 사흘이라도 좋습니다."

그들은 당장 출발하려 했으나 페투호가 하도 붙잡는 바람에 하루 더 머물 수밖에 없었다. 저녁 식사를 하기 전에 치치코프는 플라토노프와 함께 페투호의 영지를 돌아보았다. 그러면서 치치코프는 '아, 언젠가는 나도 이런 영지를 마련해야지'라고 다짐했다.

그곳에서 하루 더 머물면서 말 그대로 폭식을 한 후 둘은 그 집을 나섰다. 그러자 플라토노프가 치치코프에게 말했다.

"잠깐 어디 한 군데 들러 가도 괜찮겠습니까? 여행 떠나기 전에 누나와 매형에게 작별 인사를 하려고요."

"좋습니다."

"만일 당신이 농장 경영에 관심이 있으시다면 매형과 사귀어두는 게 좋을 겁니다. 매형은 정말 대단한 지주입니다. 불과 10년 동안에 영지의 수입을 3만 루블에서 10만 루블로 올려놓았으니까요. 제 매형 이름은 콘스탄틴 표도로비치 코스탄조글로입니다."

치치코프가 좋다고 대답했고 플라토노프는 그를 매형의 영지로 안내했다. 가는 도중 플라토노프는 매형이 얼마나 훌륭하게 영지와 숲을 가꾸는지 열심히 설명했고 그에게는 가뭄이 들 때도 가뭄이 없고 흉작이 들 때도 흉작이 없으며, 모두들 그를 마법사라 부른다고 말했다. 치치코프의 호기심이 동하지 않을 수 없었다.

마침내 마을이 모습을 드러냈다. 모든 농가가 튼튼했으며 짐마차들도 최신식이었다. 마치 도시에 들어선 것 같았다. 마주치는 농부도 모두 현명해 보였으며 소들은 모두 엄선된 품종이었고 심지어 농부가 기르는 돼지조차 귀족처럼 보였다.

마침내 저택에 도착했다. 치치코프는 호기심에 젖어 연 수입 20만 루블인 사람의 거처를 살펴보았다. 하지만 모든 방이 지나칠 정도로 검소하고 평범했으며 아무런 장식도 없었다. 한마디로 여기 기거하는 사람의 생활은 방의 네 벽 안에서가 아니라 들판에서 이루어진다는 것, 그의 모든 생각은 소파에 편하게 앉아서 머리에 떠올린 것이 아니라 밭에서 떠올라 즉시 현실로 변한다는 것을 말해주고 있는 것 같았다.

그들을 먼저 맞아준 것은 플라토노프의 누이였고 잠시 후 낙타 가죽 프록코트를 입은 마흔 살가량의 남자가 활기찬 모습으로 집으로 들어섰다. 그는 바로 플라토노프의 매형 코스탄조글로였다.

플라토노프가 둘을 소개했고 이어서 대화가 시작되었다.

"매형, 다른 현들을 이분과 두루 돌아다니기로 했어요. 우울증을 잊기 위해서요."

"잘했어"라고 그는 대답한 뒤 치치코프를 향해 물었다.

"그래, 어디 어디를 다녀오실 예정이십니까?"

"사실을 말씀드리자면 제 일 때문이 아니라 다른 분의 일로 여기저기 다닐 작정입니다. 베트리셰프 장군께서 친척들을 찾아가봐달라고 부탁을 하셔서요. 물론 저 자신을 위한 것이기도 하지요. 여행하면서 치질도 치료하고 세상 물정을 더 잘 알 수 있게 될 테니까요. 당신의 처남께 당신 이야기는 잘 들었습니다. 존경하는 콘스탄틴 표도로비치, 제가 현명한 사람이 될 수 있도록 한 수 가르쳐주시길 부탁드려도 되겠습니까?"

"제가 도대체 뭘 가르쳐드릴 수 있겠습니까?"

"지혜를 가르쳐주세요. 농장 경영과 같이 어려운 일을 처리할 수 있는 지혜, 공상 속에서가 아니라 실질적으로 수입을 거둘 수 있는 지혜, 그것으로 국민으로서의 의무를 다하고 동족의 존경을 받을 수 있는 지혜 말입니다."

"제게 그런 지혜가 있을 리 없지요. 다만 이곳에서 하루 묵으면서 당신 스스로 한번 살펴보시지요."

말은 그렇게 했지만 코스탄조글로는 치치코프에게 자신의

제3장

경영 철학에 대해 일장 연설을 했다. 치치코프는 모두 지당한 말이라고 생각했지만 정작 그의 관심은 다른 데 있었기에 단도직입적으로 물었다.

"당신 말씀을 들으니 삶의 깊은 의미를 깨달을 수 있고, 사물의 본질을 파악할 수 있을 것 같습니다. 하지만 그런 보편적인 진리 말고 사적인 질문을 드리고 싶습니다. 가령 제가 지주가 되어 국민으로서의 임무를 더욱 잘 수행하기 위해 짧은 시간 내에 부유해지고 싶다면 어떻게 해야 하겠습니까?"

"부자가 되려면 어떻게 해야 하느냐고요? 그건 말입니다, 제가 단호하게 말씀드리지요. 만일 당신이 그렇게 급하게 부자가 되려고 한다면 절대로 부자가 될 수 없습니다. 시간에 구애받지 않고 천천히 부자가 되려고 한다면 충분히 부자가 될 수 있습니다."

"그런가요?"

치치코프가 쓸쓸하게 되물었다.

"그렇습니다. 무엇보다 일을 사랑해야 합니다. 농사일이 따분하다고 말하는 사람들이 있지요? 절대로 그렇지 않습니다. 오히려 나는 도시 사람들처럼 어리석게 클럽, 주막, 극장에서 지내는 식으로 살면 우울해서 죽어버릴 겁니다. 그들은 바보 천치에 얼간이 같은 놈들일 뿐입니다. 그에 비해 농가의 주인은 따분할 새가 없습니다. 매일매일의 생활이 전부 할 일로 꽉 차 있으니까요. 게다가 그 일들은 정신을 한없이 고양하는 일들입니다. 당신이 어떻게 생각하든 이곳에서는 사람들이 자연과, 한 해의 흐름과 손을 잡고 나란히 걸어갑니다. 사람들은 모든 피조물 사이에서 벌어지는 온갖 현상들의 공동 참여자이자 협력자가 되고 대화 상대가 되는 것입니다. 자, 1년 동안에 벌어지는 일을 한번 살펴봅시다. 봄이 되기 전에 모든 채비를 하고 기다립니다. 종자를 마련하고 헛간의 곡물들을 다시 살펴본 후 말리고, 농부들 팀을 새로 짭니다. 한 해의 모든 일을 미리 살펴보고 전부 계산해보아야 합니다. 이윽고 얼음이 녹고 강물이 흐르고 땅이 마르고 흙이 갈라지고 부드러워지면 쟁기와 가래가 움직이기 시작하고 심고 뿌리는 일을 하게 됩니다. 무료할 리가 없지요. 미래의 수확을 뿌리는 것이고, 수백만 사람들에게 양식이 될 것을 뿌리는 일이니 말입니다. 그러다 여름이 찾아오면 풀베기, 또 풀베기가 이어지고…… 그리고 갑자기 수확 철이 오면 이곳에서는 호밀이 저곳에서

제3장

189

는 밀이, 또 다른 곳에서는 보리, 귀리가 나옵니다. 모든 게 끓기 시작하고 달아올라서 한순간도 가만히 있을 수가 없습니다. 그러다보면 몸이 열 개라도 모자랄 지경입니다. 수확의 축제가 끝나면 모든 것을 헛간으로 옮기고 짚단을 높이 쌓아 올리고 겨울용 밭갈이를 하고, 겨울을 위해 창고와 축사를 수리하고……. 그러곤 겨울이 오지요. 곡물 창고마다 탈곡 일이 열심이고, 그것들을 저장용 곡물 창고로 옮기지요. 그리고 방앗간, 공장, 작업장에도 가고 농부들이 어떻게 지내는지 살펴봅니다. 이 모든 일은 다 목적을 갖고 이루어지는 것입니다. 그런 일들을 하며, 주위의 모든 것이 번성하고 결실과 수익을 올리는 것을 바라보는 일은 그 어느 것보다 즐겁습니다. 그때의 기분은 사실 뭐라고 표현할 수 없을 정도이지요. 하지만 재물이 불어났기에 그런 기분을 느끼는 건 아닙니다. 돈은 돈일 뿐입니다. 그런 기분을 느끼는 건, 이 모든 것을 자신의 손으로 이루었기 때문이지요. 자기가 이 모든 것의 원인이며, 이 모든 것의 창조자이기 때문이지요. 마치 자신이 마법사가 된 것처럼 자신의 손에서 이 풍요와 행복이 쏟아져 나오는 것을 볼 수 있기 때문이지요. 세상에 그보다 더한 기쁨이 어디 있겠습니까?"

치치코프는 주인의 말을 들으며 눈가가 촉촉해지는 것을 느꼈다. 그리고 오랫동안 느끼지 못했던 아늑한 기분을 느꼈다. 오랜 유랑 생활 끝에 집으로 돌아왔고, 고향 집이 자신을 따뜻하게 맞이해주는 것 같았다. 갈망하던 것을 다 얻고서 "이제 충분해"라고 중얼거리며 여행 지팡이를 집어던질 때의 느낌이었다. 코스탄조글로의 지혜로운 말들이 그의 마음에 와 닿았던 것이다.

그가 코스탄조글로에게 말했다.

"존경하는 콘스탄틴 표토로비치, 당신의 이야기를 듣고 있자니 마음이 환해집니다. 정말이지 저는 러시아 어디에서도 당신처럼 지혜로운 사람을 만난 적이 없습니다."

그러자 코스탄조글로가 미소를 지었다. 자신이 그런 찬사를 받을 만한 자격이 없다고 생각했기 때문이다.

"과분한 말씀입니다. 정말 지혜로운 사람을 만나고 싶다면 당신에게 한 사람을 추천해줄 수 있어요. 저는 그 사람 발뒤꿈치에도 이르지 못합니다."

"그게 누굽니까?"

"무라조프라는 분으로 독점 전매 취급인입니다."

"아, 전에도 들은 적이 있습니다."

"그분은 지방 지주 정도가 아니라 러시아 제국 전체를 다스릴만한 사람입니다. 제가 제국을 다스리는 위치에 있다면 저는 그 사람을 당장에 재무 장관으로 임명할 것입니다."

"제가 듣기로도 엄청난 부자인 걸로 알고 있습니다. 재산이 1,000만 루블에 달한다면서요?"

"무슨 소리를! 4,000만 루블이 넘습니다."

"정말 엄청나군요. 그렇다면 한마디 묻겠습니다. 그가 그만한 부자가 되려고 처음에는 좀 부당한 방법을 썼겠지요?"

"아닙니다. 아무런 흠 없는 방법과 정당한 수단으로 모은 재산입니다. 게다가 그는 단지 몇 코페이카로 시작했습니다. 그랬기에 엄청난 부자가 되는 게 가능했습니다. 수천 루블을 갖고 태어난 사람은 재산을 모을 수 없습니다. 온갖 변덕이 들끓기 때문이지요. 바닥에서부터 출발해야 합니다. 온갖 어려움과 고초를 겪으며 세상 지혜를 자기 것으로 해야 합니다. 이건 진리입니다. 중간부터가 아니라 처음부터 출발해야 해요. '내게 10만 루블만 줘봐. 당장 큰 부자가 될 테니'라고 말하는 사람을 나는 믿지 않아요."

치치코프는 자신이 구입한 죽은 농노들을 머리에 떠올리며
그에게 말했다.

"그렇다면 저는 자격을 갖춘 셈이군요. 정말로 무일푼에서
시작했으니까요."

그날 밤 치치코프는 잠을 제대로 이루지 못했다. 그는 상상
속에서가 아니라 어떻게 하면 실질적인 지주가 될 수 있을까
궁리했다. 코스탄조글로와 나눈 대화 끝에 모든 게 선명해졌
다. 자신이 부자가 될 가능성이 눈앞에 확실하게 보이는 것 같
았다. 전에는 힘들게 생각되었던 농사일이 자신에게 적합한
것처럼 생각되었다. 그는 이제 환상의 영지가 아니라 실제 영
지를 갖게 된 것 같았다.

그는 농사일에 헌신하는 자신의 모습을 그려보았다. 그리
고 모든 것이 잘 돌아갈 때 자신이 느끼게 될 만족감을 맛보
았다. 그리고 그러면서 코스탄조글로의 말들을 다시 음미했
다. 그는 그가 러시아 전체에서 개인적인 존경심을 갖게 된 최
초의 인물이었다. 물론 그가 사람들을 존경한 적이 있긴 했다.

제3장

그러나 그 존경은 그 사람이 지닌 관직이나 수익에 대해서였을 뿐이었다. 그는 한 사람의 지혜에 대해서 순수한 존경심을 품어본 적이 없었다.

그는 코스탄조글로가 결코 실언하지 않을 사람이라는 것을 알고 한 가지 계획을 세웠다. 바로 영지를 구입하기로 한 것이다. 대상도 있었다. 그는 장군을 통해 홀로부예프라는 사람이 영지를 팔려고 한다는 것을 이미 알고 있었다. 지금 그의 수중에는 1만 루블이 있었다. 그는 코스탄조글로에게 1만 5,000천 루블을 빌려달라고 부탁해보기로 했다. 자신의 힘으로 부자가 되고 싶은 사람은 기꺼이 도와줄 용의가 있다고 코스탄조글로가 이미 말했던 것이다.

'나머지 돈은 어떻게 마련하든가, 미루든가 하면…….'

실질적 영주가 될 달콤한 꿈에 젖어 치치코프는 잠에 빠져들었다.

제4장

이튿날 모든 일이 다 잘 풀렸다. 코스탄조글로는 치치코프에게 선선히 돈을 빌려준 후 자신의 농장 일을 그에게 모두 보여주었다. 치치코프는 탄복했다. 이 사람은 인류의 복지를 향한 프로젝트를 기획하지도 않고, 논문을 쓰지 않으면서도 진정으로 인류의 복지에 기여하는 사람이라고 생각되었던 것이다. 그리고 지주가 되겠다는 생각이 점점 더 뇌리에 확고하게 각인되었다.

코스탄조글로는 치치코프의 계획에 대해 듣고 직접 홀로부예프 영지에 함께 가주겠다고 말했다.

아침을 배불리 먹은 후 플라토노프를 포함한 세 사람은 치치코프의 마차를 타고 일찍 홀로부예프의 영지를 향해 떠났다. 뒤에는 코스탄조글로의 2인승 사륜마차가 빈 채로 뒤따라오고 있었다. 치치코프는 기분이 너무 좋았다. 처음 15킬로미터를 달리는 내내 플라토노프와 그의 매형 영지의 숲과 경작지가 펼쳐졌다. 그에게는 여느 풀 포기 하나도 그냥 존재하는 것이 아니라 모두 천상의 정원을 꾸미기 위해 존재하고 있는 것 같았다.

하지만 그들의 영지가 끝나고 홀로부예프의 영지가 나타나자 모든 것이 바뀌었다. 숲이 있어야 할 곳에는 가축들이 잎을 따 먹은 관목들만 있었고, 경작지에는 호밀이 잡초와 함께 앙상하게 자라고 있었다. 얼마 지나지 않아 주인의 석조 주택이 보였다. 홀로부예프는 다 낡은 프록코트를 걸치고 머리는 헝클어진 채 손님들을 맞으려 뛰어나왔다. 몰골도 그렇고 마치 잠에서 방금 깨어난 듯 더러운 상태로 손님을 맞았지만 어딘가 선량해 보이는 구석이 있었다.

그는 정말로 반갑게 손님들을 맞았다. 마치 헤어졌던 형제들을 다시 만난 것 같았다.

"아니, 이게 누구십니까? 콘스탄틴 표도로비치! 플라토노프 미하일로비치! 정말 두 눈을 믿을 수 없군요. 이제 정말 아무도 저를 찾아오지 않으리라고 생각했는데! 다들 저를 무슨 전염병 피하듯 피하지요. 하지만 다 제 탓인 걸 어쩌겠습니까? 이런 몰골로 맞아서 죄송합니다. 뭐, 드실 거라도 준비시키겠습니다."

그러자 코스탄조글로가 말했다.

"아니 격식 차리실 필요 없습니다. 우리는 일 때문에 왔습니다. 이분은 파벨 이바노비치 치치코프란 분으로서 당신의 영지를 사들이고 싶어하십니다."

홀로부예프는 치치코프의 두 손을 반갑게 잡으며 당장 영지를 둘러보자고 했다. 형편없는 영지를 둘러보면서 홀로부예프는 빚을 다 갚고 나면 1,000루블이 남을까 말까 한 자신의 처지를 한탄했지만, 모든 것이 자신의 잘못이라는 말을 잊지 않고 덧붙였다. 황폐해질 대로 황폐해진 영지를 돌아보며 약간 의기소침해진 치치코프를 코스탄조글로가 격려했다.

"참고 일하면 모든 게 잘될 겁니다. 6년 정도 열심히 일해야 합니다. 잠시도 쉬지 않고 땅을 갈고 씨를 뿌리고 묘목을 심는 겁니다. 쉽지 않은 일이지만 당신이 그렇게 노력하면 땅이 스스로 알아서 당신을 도와줍니다. 그리고 만일 당신에게 70명의 일손이 있다면 그 70명 외에 보이지 않는 700명의 일꾼이 일하는 셈이 될 겁니다. 당신이 열심히 일하면 모든 것이 열 배가 될 겁니다. 그리고 나중에는 저절로 잘 돌아가게 됩니다. 그렇습니다. 자연은 인내를 사랑합니다. 인내심이 강한 자를 축복하시기 위해 하느님이 직접 내리신 법칙입니다."

치치코프가 감동해서 대답했다.

"당신의 말을 듣고 있으면 영혼이 고양되는 것을 느낍니다. 힘도 솟구치고요."

치치코프와 함께 홀로부예프의 영지를 둘러보던 코스탄조글로는 치치코프와 홀로부예프에게 작별 인사를 한 후 자신의 사륜마차를 타고 돌아갔다. 할 일이 있다는 핑계를 댔지만 자연이 이렇게 버려지고 황폐해진 것을 참아낼 수 없어서 돌아간 것임을 치치코프는 알 수 있었다. 홀로부예프도 그가 가버린 이유를 알아챈 것 같았다.

영지를 다 돌아본 후에 그들은 집 안으로 들어섰다. 이어서 흥정이 시작되었다.

"자, 얼마를 생각하고 계신지요? 당신도 알다시피 영지가 최악의 상태이니 적당한 가격이었으면 합니다."

치치코프의 말이었다. 그러자 홀로부예프가 말했다.

"저도 잘 알고 있습니다. 숨김없이 말하겠습니다. 등록된 농노 100명 중 50명만 살아 있습니다. 콜레라로 죽은 자들도 있고 몰래 도망친 자들도 있습니다. 그들은 죽은 것으로 치세요. 그들을 되찾으려고 소송이라도 벌이다가는 영지 전체가 법원 수중으로 넘어가게 될 겁니다. 그 모든 것을 고려해서 3만 5,000루블만 내십시오."

치치코프는 물론 흥정을 하기 시작했다.

"아니 3만 5,000루블이라니요? 이런 마을에 어떻게 3만 5,000루블을 낼 수 있습니까? 2만 5,000루블로 합시다."

곁에서 그들의 이야기를 듣고 있던 플라토노프는 따분했고 수치스러운 생각까지 들었다. 그가 치치코프에게 말했다.

"그 가격에 사세요, 파벨 이바노비치. 이 영지는 그 가격을 받을 만해요. 당신이 그 가격에 사지 않겠다면 제가 형과 돈을 갹출해서 사겠습니다."

치치코프는 움찔했다. 그는 재빨리 말했다.

"좋습니다. 그 가격에 사겠습니다. 대신 절반은 1년 후에 드리는 조건으로 하지요."

"안 돼요. 절대로 그렇게 할 수 없습니다. 최소한 반은 지금 주시고 나머지는 보름 후에 주세요. 저당 잡힌 걸 풀려면 그 돈이 당장 필요합니다."

홀로부예프의 말이었다.

"이걸 어떻게 하지요? 지금 제 수중에는 1만 루블밖에 없으니……."

물론 그 말을 거짓말이었다. 그에게는 코스탄조글로가 빌려준 돈을 포함해서 2만 5,000루블이 있었다. 하지만 그렇게 많은 돈을 한꺼번에 내주기가 아까웠던 것이다.

"안 됩니다, 파벨 이바노비치. 반드시 1만 5,000루블이 있어야 합니다."

그러자 플라토노프가 끼어들었다.

"그놈의 5,000루블, 내가 빌려드리지요."

치치코프는 "아니 정말이십니까?"라고 반색을 하면서 속으로 생각했다.

'아니, 그가 5,000루블을 빌려주다니! 이렇게 잘될 수가!'

치치코프는 즉시 마차에서 가방을 가져와 1만 루블을 홀로부예프에게 전한 후 나머지 5,000루블은 다음 날 갖다주기로 약속했다. 그 약속을 하면서 치치코프는 생각했다.

'내일 5,000루블을 주기로 약속했지만 3,000루블만 갖다줘야지. 나머지는 한 2~3일 있다가 주는 거야. 가능하면 며칠 더 연기하지 뭐.'

어쩐 일인지 치치코프는 자기 손으로 돈을 내놓는 것을 유난히 싫어했다. 도저히 더 피할 수 없는 상황에서도 하루라도 더 미루고 싶어했다. 사실을 말하자면 그는 보통 우리와 똑같이 생각하고 행동한 셈이다. 우리는 모두 빚쟁이를 우롱하면서 즐거워한다. 가능한 한 그가 몇 번씩 찾아오게 하면서 애를 먹인다. '뭐, 좀, 기다리게 한들 어때? 그에게는 소중한 시간일지 몰라도 나와는 상관이 없잖아'라고 생각하며 "이봐, 내일 올 수 없나? 내가 지금은 경황이 없어서……"라고 얼버무리는 게 바로 우리인 것이다.

거래가 성사되었다. 치치코프가 홀로부예프에게 이제 어디 가서 살 것이냐고 묻자 그는 도시로 갈 것이라고, 그곳에 작은 집이 있다고 말했다.

거래를 끝낸 치치코프는 기쁜 마음으로 생각했다. 그의 생각은 온통 그가 새로 구입한 영지로 꽉 차 있었다. 그는 갑자기 환상 속의 지주에서 실제의 지주가 된 것이다.

플라토노프와 함께 마차를 타고 돌아오면서 그는 심각한 표정으로 생각에 잠겼다.

'인내와 노력! 그래, 그리 어려운 일이 아니야. 나는 그런 것과는 기저귀를 찼을 때부터 친숙했잖아. 내게는 조금도 새로운 게 아니야. 허나 이 나이에 내가 과연 인내할 수 있을까?'

이런저런 생각이 오락가락했지만, 아무리 어떤 식으로 미래를 그려보아도, 아무리 이모저모 따져보아도 이번 거래에서 손해 볼 일은 조금도 없다고 그는 생각했다. 예컨대 이렇게 할 수도 있다. 우선 영지 전체를 저당 잡힐 수도 있고, 그중 가장 좋은 땅은 팔 수도 있다. 혹은 자신이 이 영지를 직접 경영하게 되면 코스탄조글로의 훌륭한 충고를 받고 그를 본보기로 삼아 훌륭한 지주가 될 수 있다. 자신이 직접 경영을 하지 않게 되더라도 영지를 누군가에게 전매하고 죽은 농노들만 자기 몫으로 할 수도 있을 것이다.

생각이 거기에 미치자 이번에는 이런 생각까지 떠올랐다.

'그래, 코스탄조글로와 플라토노프에게서 빌린 돈을 갚지

않고 도망가버리는 거야. 집을 저당 잡혀 이득을 잔뜩 취한 다음에 말이야.'

　그건 정말 근사한 생각이었다. 하지만 그것은 치치코프 스스로 생각해낸 것이 아니라고 말하는 게 옳을 것이다. 그 생각이 갑자기 저 스스로 그에게 나타나 그를 놀라게 하고, 그를 놀리고, 그에게 윙크를 보낸 것이다. 얼마나 분별없고 어처구니없는 생각인가! 갑자기 이런 뻔뻔스런 생각이 들게 만드는 것은 도대체 누구란 말인가?

　어쨌든 치치코프는 이번 거래에 대해 지극히 만족스러웠다. 이제 환상이 아닌 현실 속의 지주가 된 것이며, 그에게는 땅이 있었고 시설이 있었고 사람들이 있었다. 그 사람들은 상상 속에 존재하는 게 아니라 실제로 존재했다. 그는 너무 기뻐 몸을 들썩이기도 하고, 두 손을 비비기도 하고 혼자 두 눈을 찡긋하기도 했다. 심지어 '귀여운 얼굴'이니 '거세한 닭'이니 나름대로 멋진 자신의 애칭을 만들어 불러보기도 했다. 그러다가 옆에 플라토노프가 있는 것을 깨닫고는 머쓱해서 얼굴을 붉히기도 했다.

치치코프가 의식하지 못하는 사이에 마차는 어느새 황량한 홀로부예프 영지를 벗어나 멋진 숲을 달리기 시작하고 있었다. 길 양옆으로는 울창한 자작나무 숲이 이어지고 숲에서는 꾀꼬리가 지저귀고 있었다. 이윽고 나무들 사이로 하얀 교회 건물이 어른거렸고 그 반대편 숲에서 철책이 모습을 드러냈다. 그리고 거리 끝에 챙이 없는 모자를 쓴 사내 한 명이 지팡이를 들고 나타났다.

그를 보자 플라토노프가 말했다.

"아, 제 형 바실리입니다."

플라토노프를 보자 바실리가 싫은 소리부터 했다.

"아니, 도대체 어떻게 된 거냐? 사흘간 연락도 없이 코빼기도 안 비치다니! 페투호의 마구간지기가 네 말을 끌고 왔더구나. 그래, 도대체 어떻게 된 거야? 얼마나 걱정을 했는데."

"그냥 소식 전하는 걸 잊었어요. 콘스탄틴 표도로비치 댁에 들렀었어요. 형님께 안부 전해달라고 하더군요. 참, 이분을 소개할게요. 파벨 이바노비치 치치코프 씨예요."

치치코프가 보니 바실리는 플라토노프보다 선량하고, 그와는 달리 아주 현실적인 사람임을 단번에 알 수 있었다.

그들은 서로 인사를 나눈 후 저택 마당에 놓여 있는 나무 벤치에 앉았다.

플라토노프가 바실리에게 말했다.

"형, 난 이분과 함께 성스러운 러시아 땅을 두루 돌아다니기로 결심했어. 그러고 나면 내 우울증이 사라질 수 있을지도 몰라."

"왜 갑자기 그런 결정을 했니?"라고 바실리가 물었다. 그는 "처음 보는데다 어떤 인간인지도 모르는 사람과 함께 여행을 하겠다는 거니?"라는 말이 나올 뻔한 것을 겨우 참았다. 하지만 그는 치치코프와 대화를 나누어본 후 '이 사람은 말을 좀 화려하게 과장하긴 하지만 말 속에 진실이 담겨 있군'이라고 생각하며 치치코프에 대해 호감을 갖기 시작했다. 그들은 그곳에 앉아 음료수를 마시며 한참 동안 이야기를 나누었다.

(역자 주: 이후 상당 부분이 초고에서 누락되었다.)

마무리

       이 세상 모든 것들은 나름의 기능을 완수하게 되어 있는 법이다. 행운을 찾아 떠난 치치코프의 여행은 성공을 거둔 셈이었다. 그는 이제 적지 않은 돈을 소유한 부자가 된 것이다. 그는 행운을 잡았다. 이미 죽은 농노를 담보로 상당한 재산을 모은데다, 300만 루블의 재산을 가진 알렉산드라 이바노브나 하나사로바라는 할머니가 죽자 「유서」를 조작해 유산 일부분을 가로챈 것이다. 하지만 그는 도둑질한 것이 아니다. 그는 단지 시스템을 이용했을 뿐이다. 우리는 누구나 그처럼 한다. 어떤 이는 국유림을, 어떤 이는 공공 기금을 이용하고, 또 어떤 이는 뜨내기 여배우를 위해 자기 아이들 것을 훔치고, 어떤 이는 고급 가구와 마차를 사기 위해 농노들을 착취한다. 이 세상에 온갖 유혹이 난무하고 있으니 어쩔 수 없는 일이 아니겠는가?

사방에서 모든 사람이 똑같이 생각하고 행동하며 유행의 지배를 받고 있으면, 절제한다는 것은 정말 어렵다.

치치코프가 자리를 잡은 그곳, 우리가 외진 곳이라고 불렀던 그곳에 새로운 바람이 불어왔다. 주로 농산품만 거래되던 그곳 시장에 귀족들만을 위한 장이 서기 시작하더니, 온갖 사치스러운 물건들이 들어오고 유행이 번졌다. 그리고 피땀 흘려 번 돈을 수중에 지닌 소비자들이 그 시장으로 몰려들었다. 코스탄조글로의 표현에 따르면 그들은 마치 '이집트의 메뚜기 떼' 같았다.

흉작과 여러 가지 불행을 겪은 지주들만 타의에 의해 절제를 할 수 있었지만, 흉작 따위에 타격을 받지 않는 관료들은 위세를 떨쳤다. 어느 프랑스인이 새로운 사교장을 열었으며 상트페테르부르크에서나 볼 수 있는 화려한 마차가 거리에 등장했다. 이제 털북숭이 모피 모자를 쓰고 수염이 덥수룩한 사람은 거의 보이지 않았다. 모두 유럽식 복장에 매끈하게 턱

마무리

207

을 면도했으며, 모두 병약해 보였고 이도 썩어 있었다.

상당한 부를 이룬 치치코프는 그 유행을 즐기고 있었다. 그는 마치 인생에서 새로운 길에 접어든 것과 같았다. 하지만 그 길은 그의 생각처럼 탄탄대로가 아니라 그와 달리 엉망진창인 길이었으니…….

법원에 「청원서」가 꼬리를 물고 제출되었고, 이제까지 이름도 들어보지 못했던 노파의 친척들이 수도 없이 나타났다. 마치 사체에 새 떼들이 몰려들 듯이 노파가 남기고 간 막대한 유산에 몰려들었다. 치치코프에 대해, 마지막 「유서」를 조작했다는 고발이 접수되었고, 그가 금품을 횡령하고 재산을 은닉했다는 고발도 잇따랐다. 심지어 그가 죽은 농노들을 구입해서 불법 대출을 받은 일, 세관에서 그가 범했던 밀수 은닉죄에 대한 증거들까지 나타났다. 모든 것이 파헤쳐지고, 그의 과거 행적이 샅샅이 드러났다. 도대체 어떻게 해서 그 모든 것들이 드러나게 되었는지는 아무도 모른다. 어쨌든 치치코프 자신과 네 벽을 제외하고는 아무도 모르리라고 생각했던 일들까지도 속속들이 증거와 함께 고발되었다.

그러던 어느 날 그의 집에 갑자기 헌병들이 들이닥쳤다. 헌병은 그에게 "지금 즉시 총독 관저로 출동하라는 명령이오"라고 간단하게 말했을 뿐이었다. 그는 그때 재봉사가 가져온 고급 연미복을 입고 거울에 비친 자신의 모습을 만족스럽게 바라보고 있었다. 정말 세련된 옷이었고 완전히 한 폭의 그림이었다. 그는 '자, 이 옷을 입고 이제 누구 앞에 나타난다? 누가 제일 좋을까?'라는 생각에 잠겨 있었다. 그런데 그의 그렇게 멋진 모습을 어마어마한 칼을 옆구리에 찬 괴물에게 제일 먼저 보이게 된 것이었다.

그는 연미복을 입은 채 마차에 오를 수밖에 없었다. 총독 관저에 도착하자 당직 관리가 "어서 들어가십시오, 공작님께서 기다리고 계십니다"라고 그에게 말했다. 홀을 지나면서 그는 '이렇게 체포해 와서는 재판도 없이 시베리아로 보낼 거야'라고 생각했다. 그의 심장은 질투에 사로잡힌 연인의 심장보다 더 심하게 두근거렸다. 마침내 운명의 문이 열리고 잔뜩 화가 난 공작의 얼굴이 나타났다.

공작이 노한 음성으로 말했다.

"내 너를 불쌍히 여겨 마땅히 감옥으로 보낼 것을 마을에서 지내게 해주었거늘! 어찌하여 또다시 파렴치한 사기 행각을

마무리

209

저질렀단 말이냐!"

"각하, 파렴치한 사기 행각이라니요? 어떤 일을 말씀하시는 건가요?"

"네놈의 지시로 「유서」를 가짜로 작성한 여자가 잡혔어. 이제 대질신문을 하게 될 거야."

"각하, 모든 걸 사실대로 말씀드리겠습니다. 제가 잘못했습니다. 정말 잘못했습니다. 하지만 그렇게 중죄를 지은 건 아닙니다. 저는 적들의 모함에 빠진 겁니다."

"이 세상에서 누가 너를 모함할 수 있다는 거지? 그 어떤 거짓말쟁이의 간계보다 몇 배는 더 추악한 짓을 저지른 너를! 너는 살면서 파렴치한 짓을 저지르지 않은 적이 한 번도 없어. 땡전 한 닢까지 모두 비열한 방법으로 벌어들인 거야. 네놈의 도둑질과 파렴치한 행동은 당장 태형을 받고 시베리아로 유형을 가 마땅해! 네놈을 당장 감옥에 가두리라!"

치치코프는 소리쳤다.

"각하, 제발 저를 불쌍히 여겨주십시오. 제 늙은 어머니를 위해서라도 자비를 베풀어주십시오!"

"뭐야? 어머니? 여전히 거짓말을! 네놈에게 어머니가 없다는 걸 내가 모를 줄 알고!"

"각하, 각하 말씀이 맞습니다. 저는 사기꾼이고 거짓말쟁이입니다. 하지만 각하, 제가 얼마나 제 조국을 위해 헌신하려 했는지 아신다면…… 아아, 저도 존경받는 사람이 되고 싶었습니다. 하지만 저는 정말 피를 흘리며, 피를 흘리며 겨우 목숨을 부지해올 수밖에 없었습니다. 그리고 유혹과 자극…… 그리고 적들, 저에게 사기를 치고 해를 끼치려는 불한당들…… 저는 사나운 풍파를 헤쳐야 하는 배처럼 평생을 살아올 수밖에 없었습니다. 각하, 저도 인간입니다!"

갑자기 그의 눈에서 눈물이 흘러나왔다. 그는 공작의 발 아래 쓰러졌다.

그러자 공작이 소리쳤다.

"어서 저리 가지 못할까! 헌병, 이자를 데려가도록!"

공작의 장화를 끝까지 붙잡고 놓지 않으려는 치치코프를 헌병이 억지로 떼어 내어 밖으로 끌고 나갔다. 그의 얼굴은 마치 죽음을 앞에 둔 것처럼 무감각한 공포에 질려 창백해져 있었다. 그가 헌병에게 거의 매달리다시피 끌려가고 있을 때였다. 계단 맞은편 문 앞에 무라조프가 나타났다. 독자 여러분이

마무리

211

기억하고 있을지 모르겠지만 무라조프는 코스탄조글로가 이 세상에서 가장 지혜로운 사람이라고 치치코프에게 말해주었던 사람이다. 그동안 치치코프는 무라조프와 가까이 지내면서 그의 신임을 듬뿍 받고 있었고 그의 신세도 여러 번 졌다.

헌병 두 명에게 끌려가는 치치코프의 모습을 보고 무라조프가 물었다.

"아니, 파벨 이바노비치 아니오? 이게 어찌 된 일이오?"

무라조프를 본 치치코프의 얼굴에 희망의 빛이 떠올랐다. 그는 초인적인 힘으로 두 헌병의 팔에서 빠져나와 무라조프의 발 아래 몸을 던졌다.

"아! 제발 저를 살려주세요. 저는 감옥으로 끌려갑니다. 사형을 받을지도……."

그런 그를 헌병들이 다시 일으켜 세워 끌고 갔다.

연미복을 입고 동족들의 관심을 끌겠다는 달콤한 꿈에 젖어 있던 우리의 주인공은 이제 볼품없는 책상과 낡아빠진 의자 둘, 쇠창살이 달린 창문만이 있는 냄새나는 헛간에 갇혔다. 이것이 그가 갑자기 처하게 된 현실이었다. 그에게는 생필품을 챙길 시간도 주어지지 않았으며, 모든 문서와 죽은 농노의 등기 서류가 들어있는 작은 상자도 이미 압수되었다. 그는 절망의 나락에 빠져 있었다.

그때 감옥 문이 열리며 무라조프가 들어섰다. 치치코프는 그의 모습을 보자 벌떡 일어나 그의 손에 입을 맞추고 자신의 가슴에 비비며 말했다.

"오, 은인이시여! 제발 저를 구해주소서!"

무라조프는 애정 어린 눈길로 그를 바라보며, "오, 파벨 이바노비치. 자네, 대체 무슨 짓을 한 건가? 무슨 짓을?"이라고 되뇔 뿐이었다.

"아아, 저는 저주받은 유혹에 넘어간 것입니다. 인간으로서의 이성과 분별을 잃은 것입니다. 저는 분명히 죄를 저질렀습니다. 하지만, 하지만…… 귀족을, 최소한 귀족을, 재판도 하지 않고 심리도 없이 대뜸 감옥에 집어넣다니, 이럴 수 있단 말입니까? 오오, 제 상자! 그 안에는 제 전 재산이 들어 있습니다. 피땀 흘려 모은 제 재산이…… 그런데 그걸……."

"아, 파벨 이바노비치, 바로 그 재산이 자네 눈을 멀게 한 거야. 눈이 멀어서 자신이 얼마나 끔찍한 처지에 있는지 몰랐

마무리

213

던 거야."

"오, 은인이시여, 제발 저를 구해주세요. 공작님이 당신을 좋아하시니까 당신은 뭐든 하실 수 있으실 거예요."

"안 돼, 파벨 이바노비치. 자네가 아무리 애원해도 나는 그럴 수 없어. 자네는 엄격한 법에 따라 구속된 것이지 어떤 인간에게 구속된 게 아니니까."

"오, 그 저주받은 사탄이, 절 유혹한 겁니다. 아아, 제 운명은 왜 이 모양이지요? 저는 정말 피눈물 나는 인내로 한 푼 두 푼 모았어요. 남의 물건을 훔치지도 않았고 공금을 착복하지도 않았어요. 왜 그랬을까요? 여생을 잘 보내기 위해, 또 아이들에게 뭔가 남겨주기 위해서였어요. 국가에 봉사하기 위해서였어요. 물론 도리에 어긋나는 일을 했지요. 하지만 그것도 어쩔 수 없었어요. 저는 올바른 길로는 원하는 것을 얻을 수 없고 옆길로 가야만 했을 때, 그때만 옆길로 갔어요. 그래도 전 열심히 일했어요. 제가 얻은 게 있다면 부자에게만 얻었고요. 진짜 불한당들은 공금을 횡령하고 없는 사람들에게서 한 푼 두 푼 쥐어짜잖아요. 아, 매번 결실을 얻을 때마다 폭풍우에 산산조각나버리니…… 정말 혼신의 힘을 다 해 한 푼, 두 푼 모은 건데⋯⋯."

그는 말을 채 잇지 못하고 꺼이꺼이 울기 시작했다.

그러자 무라조프가 말했다.

"아, 파벨 이바노비치. 나는 자네가 자네의 그런 열정과 인내심을 선한 곳에 썼다면 얼마나 많은 일을 이룰 수 있었을까 생각한다네. 선을 사랑하는 사람 중 한 사람이라도 자네가 한 푼을 벌기 위해 쏟았던 것처럼 그 힘을 선한 일에 쏟아부을 수 있었다면, 선을 위해 모든 자존심과 명예를 희생할 수 있었다면 아아, 이 세상은 얼마나 좋은 세상이 되었을 것인가! 파벨 이바노비치, 자네는 남에게 죄를 범한 게 아냐. 자네는 자네 자신에게 죄를 범한 거야. 자신에게 주어진 힘과 재능을 잘못 쓴 죄! 자네는 위대한 사람이 될 수도 있었는데, 스스로 자신을 타락시키고 멸망의 길로 접어들게 한 거야."

무라조프의 꾸짖음에 치치코프의 마음이 크게 흔들렸다. 누구든 자신이 지닌 장점을 구실 삼아 비난을 받게 되면 넋이 흔들리게 되는 법이다.

치치코프가 무라조프의 손을 잡고 말했다.

"오, 아파나시 바실리예비치 님! 만일 제가 석방되어 제 재

마무리

215

산을 되찾을 수만 있다면 이제부터 완전히 새로운 삶을 살겠다고 맹세하겠습니다. 은인이시여! 제발 저를 구해주소서!"

"오, 파벨 이바노비치. 자네는 여전히 그 재산에 눈이 멀어 자신의 영혼의 목소리에 귀를 기울이지 않고 있군."

"아, 제 영혼의 목소리에 귀를 기울이겠다고 약속하겠어요. 그러니 제발 저를 구해주세요."

"파벨 이바노비치, 자네를 구해내는 건 내 능력 밖이야. 자네도 잘 알지 않은가? 하지만 자네의 죄가 가벼워지도록, 혹은 석방될 수 있도록 노력은 해보겠어. 하지만 만일 그 일이 성공한다면 나는 자네에게 보상을 받아야겠어. 자네가 한몫 잡겠다는 유혹을 깨끗이 버리겠다는 약속을 자네에게서 받아내고 싶다 이거야. 내가 만일 내 재산을 전부 잃는다 해도 나는 울지 않을 거야. 중요한 것은 사람들이 내게서 빼앗아갈 수 있는 재산 같은 것이 아니니까. 이 세상 그 누구도 결코 훔쳐가거나 빼앗아갈 수 없는 것, 그게 정말로 소중한 것이지. 자네는 이미 세상 풍파를 다 겪었어. 자네 스스로 자신을 파도에 시달린 배라고 하지 않았나? 이제 여생을 선량한 사람들이 살고 있는 조용한 곳에서 보내도록 하게. 적과 배반자와 유혹이 들끓는 이 세상을 떠나란 말이야."

"전, 전, 정말 그렇게 하겠습니다. 이미 그런 생각을 하고 있었습니다. 악마가 저를 유혹해서 바른길에서 벗어나게 한 겁니다."

무라조프의 말을 들으며 치치코프에게는 자신에게도 낯선 그 어떤 감정이 일었다. 어릴 때부터, 그리고 세상 풍파를 겪으면서 내내 억눌려 있던 그 무엇이 이제 자유롭게 뛰쳐나오려는 것만 같았다. 그의 입에서 신음이 흘러나왔다.

"오오, 정말입니다. 정말입니다. 정말 이곳에서 얼마간 재산을 갖고 나갈 수 있다면, 다른 삶을 살겠다고 분명히 약속합니다. 자그마한 영지를 사서 성실한 주인 노릇을 다하고, 나 자신이 아니라 남들을 돕기 위해 돈을 모으고, 소박하게, 진실하게 살겠습니다."

무라조프는 기쁨에 넘쳐, 치치코프의 석방을 위해 온갖 힘을 다하겠다고 말한 후 치치코프를 꼭 포옹한 뒤 나갔다.

홀로 남은 치치코프는 더없이 부드럽고 고요한 상태에 놓여 있었다. 그의 본성 자체가 흔들려 새롭게 된 것이었다. 그

마무리

는 신에게 감사하는 마음으로 무라조프와의 약속을 되새기고 또 되새겼다.

그때였다. 그가 구금되어 있던 감옥의 한쪽 문이 슬며시 열리더니 관리 한 명이 들어섰다. 사모스비스토프라는 작자로서 쾌락주의자이며 아무 일이고 앞뒤 안 가리고 덤벼드는 자였다. 그는 자기 뒤로 문이 확실히 닫혔는지 확인한 후 치치코프에게 말했다.

"당신 처지에 대해 모든 것을 다 알고 왔습니다. 겁낼 것 없습니다. 단도직입적으로 말하지요. 3만 루블만 내십시오. 내가 감쪽같이 일을 다 처리하겠습니다. 압수당한 것들도 한 시간 후면 당신에게 다 보낼 수 있습니다."

치치코프가 망설이는 사이 대답도 듣지 않고 사모스비스토프는 물러갔다. 치치코프는 그의 말을 믿지 않았다. 그런데 한 시간도 되지 않아 정말로 그의 작은 상자가 배달되어 왔다. 서류도 돈도 모두 고스란히 들어 있었다. 상자를 손에 쥐게 되자 그에게 다시 화려한 삶, 예컨대 저녁의 극장, 그가 쫓아다닌 무희 등 온갖 유혹이 그의 눈앞에 어른거리기 시작했다. 그가 조금 전에 꿈꾸었던 조용한 시골 마을, 고요한 삶은 점점 더 희미해지고 도시의 소음이 요란해지고 그 불빛이 다시 선명하게 반짝이기 시작했다…… 오, 인생이여!

그사이 공작은 치치코프가 「유서」를 위조했다는 증거를 받았다. 게다가 그가 다스리고 있는 이곳저곳에서 골치 아픈 일이 계속 벌어져 공작은 정신이 없을 지경이었다. 그때 무라조프가 찾아왔다는 전갈이 왔다. 그가 들어오자 공작이 그에게 치치코프에 대한 서류들을 보여주며 말했다.

"이걸 보세요. 이렇게 추잡할 수가…… 그런데 전에도 당신은 그의 편에 서서 그를 보호했었지요. 그는 아무리 악랄한 도둑도 하지 않을 짓을 했습니다."

"각하, 저로서는 어떤 사건인지 도무지 이해할 수가 없어서……."

"「유서」를 위조했어요. 틀림없습니다."

"아, 그렇군요. 각하, 저는 절대로 치치코프를 감싸기 위해 말씀드리는 게 아닙니다. 다만 이 사건이 아직 유죄로 결정 난 것은 아니지 않습니까? 아직 심리도 끝나지 않았고……."

"증거가 드러났소. 죽은 노파 역을 했던 여인이 잡혔소. 수치스럽게도 도시의 최고 관리들도 연루되었소. 내겐 선한 관

마무리

219

리가 하나도 없소. 모두 비열한 놈들뿐이오."

그러자 무라조프가 조용히 말했다.

"각하, 우리 중 그 누가 완벽할 수 있을까요? 우리 도시의 관리들도 인간입니다. 장점이 많고 일에 능통하지만 누구나 죄에 빠질 수 있지요."

"이봐요, 아파나시 바실리예비치. 나는 당신이 유일하게 정직한 사람이라고 알고 있습니다. 그런데 왜 그렇게 비열한 자들을 옹호하는 거요?"

"각하, 각하께서 비열한 자들이라고 부르는 자들도 역시 인간입니다. 인간이 범하는 추잡한 짓의 절반은 무지와 난폭함에서 오는 것입니다. 그것을 알고도 어찌 그들을 감싸지 않을 수 있겠습니까? 우리 인간이란 그런 의도가 없이도 매 걸음 불의를 행하고, 매 순간 다른 이의 불행의 원인이 됩니다. 저는 물론이고 각하 역시 예외가 아닙니다."

공작이 말했다.

"이보시오! 아파나시 바실리예비치, 난 당신에게 한마디도 하지 않겠소. 다만 당신이 나에게 한마디만 해주시오. 그런 비열한 자가 한 짓을 모른 체할 권리가 내게 있겠소? 그런 자를

용서하는 게 내게 정당한 일이며, 양심에 부끄럽지 않은 일일
수 있겠소?"

"각하, 그들을 비열한 자, 추잡한 자라고 부르지 마십시오.
그들에게도 분명 장점이 많으니까요. 인간사라는 것은 어려운
일입니다. 어떤 사람이 분명히 죄를 지었다고 확신하는 경우
에도 상세히 더 조사해보면 그의 죄가 아닐 때도 있는 법이니
까요."

"하지만 내가 그의 죄를 묻지 않으면 사람들이 뭐라고 하겠
소? 교만해져서 총독을 우습게 알게 될 것이고 더는 나를 존
경하지 않을 테니……."

"각하, 관료들을 모두 모으고 제게 지금 하신 말씀을 모두
에게 하십시오. 그리고 만일 그들이 이런 입장에 놓인다면 어
떻게 할 것인가, 모두에게 물어보십시오."

"그렇게 한다면 그들이 모든 일을 공정하게 처리하리라고
봅니까? 그들은 나를 비웃을 것이오."

"제 생각은 다릅니다. 러시아인에게는 제아무리 나쁜 사람
이라고 할지라도 정의감이 있습니다. 솔직히 말씀드리지요.
각하께서 그렇게 하시면 모두 자기주장만 강하다고 욕할 것

입니다. 그렇더라도 그들에게 각하를 있는 그대로 보게 하십
시오. 그래야 그들의 정의감이 살아납니다. 각하, 인간 앞에서
가 아니라 하느님 앞에서 공정한 일을 행하는 것처럼 말하십
시오."

"잘 모르겠소. 난 더 생각해보아야겠소. 어쨌든 충고 감사
하오."

"각하, 치치코프의 석방을 명령해주십시오."

"아아, 모르겠소. 당신이 왜 그의 석방을 그렇게 원하는지."

"그의 영혼을 구원하기 위해서입니다."

"어쨌든 그에게 가능한 한 빨리 이곳에서 사라지라고 하시
오. 멀리 가면 갈수록 좋소. 지금 나는 그를 절대로 용서할 수
없소."

무라조프는 공작에게 예를 표한 후 곧장 치치코프에게로
되돌아갔다. 가보니 이미 자신이 그 곁을 떠날 때의 치치코프
가 아니었다. 그는 기분이 매우 좋았으며 주문해서 받은 매우
비싼 요리를 먹고 있었다. 무라조프는 치치코프가 부패한 관
리와 결탁한 것을 한눈에 알 수 있었다.

그가 치치코프에게 말했다.

"이보게, 파벨 이바노비치. 나는 자네가 이 도시를 떠난다는 조건으로 자네를 석방했네. 잠시도 지체하지 말고 바로 짐을 챙겨 떠나게. 보자 하니 자네가 어떤 관리와 결탁한 것 같은데 그 사건이 밝혀지면 일은 더욱 복잡해져서 수습할 길이 없게 될 게야. 조금 전에 나와 헤어질 때 자네는 지금보다 훨씬 형편이 나았었어. 그런데 이제 더 나빠진 거야. 마지막으로 진심 어린 충고 하나 하지. 사람들은 재산이 행복의 근원인 양 서로 뺏고 싸우고 한다네. 다른 삶은 문제가 아니라는 듯 현세의 번영에 눈이 멀어 서로 물어뜯곤 하지. 하지만 문제는 재산이 아니라네. 내 말을 믿게, 파벨 이바노비치. 영적인 재산을 쌓을 생각을 하지 않는다면 이 땅에서의 재산도 쌓이지 않을 것이고 설사 재산을 쌓는다 해도 다 소용이 없으며 곧 허물어지리라는 것을. 그리고 민족 전체에 기근이 올 거야. 이건 너무나 자명한 사실이야. 우리의 육체는 결국 영혼에 달려 있으니까…… 이제 죽은 혼(농노)은 생각하지 말고 산 영혼을 생각하도록 하게. 그리고 앞으로는 다른 길로 나아가길 바라네. 자, 어서 서두르게나. 나도 서둘러 이곳을 떠나야만 하게 된 셈이야."

마무리

무라조프가 나가자 치치코프는 다시 생각에 잠겼다.

'저분의 말이 맞아. 이제 다른 길을 갈 때가 된 거야.'

그는 서둘러 감옥에서 나와 짐을 꾸린 후 셀리판, 페트루시카와 함께 길을 떠났다. 그는 이미 이전의 치치코프가 아니었다. 그것은 이전의 치치코프의 잔해 같은 것이었다. 그의 내적인 영혼 상태는 새 건물을 세우기 위해 분해된 건물과 비슷했다. 다만 건축가에게서 최종 설계 도면이 오지 않아, 새 건물 건축은 아직 시작되지 않았고, 일꾼들은 무슨 일을 해야 할지 모르는 상태에 있는 것과 같았다.

『죽은 혼』을 찾아서

　이제까지 여러분이 읽었던 작품들과 비교할 때, 조금은 낯선 이 작품의 마지막 페이지를 넘긴 당신에게 묻자. 당신은 이 작품의 주인공 '치치코프'에 대하여 무엇을 느꼈는가? 그는 과연 어떤 사람인가?

　내 생각부터 이야기하자. 내게는 니콜라이 고골(Nikolai Vasilievich Gogol, 1809~1852)의 『죽은 혼(Dead Souls)』을 읽으면서 세르반테스의 『돈키호테』가 자꾸 겹쳐 떠올랐다. 돈키호테는 누구인가? 자신을 편력 기사로 착각하고 무훈을 쌓기 위해 모험에 나선 미치광이다. 완전히 비현실적인 꿈에 젖어 현실을 환상과 착각하고 엉뚱한 짓을 저지르고 다닌 사람이다.

치치코프는 돈키호테와 완전히 닮았다. 그는 우선 러시아 전 지역을 유랑한다. 돈키호테의 세상 편력과 비슷하다. 게다가 그에게는 돈키호테의 시종 산초 판자와 똑 닮은 셀리판이라는 시종이자 마부가 있다.

그는 왜 러시아 전역을 떠돌아다니는가? 죽은 농노들을 사들이기 위해서다. 속셈이야 어찌 되었건 돈을 주고 아무짝에도 쓸모없는 죽은 농노를 사들이는 그의 행동은 엉뚱하기 짝이 없는 행동이다. 그가 도대체 왜 그런 짓을 저지르는지 아무도 이해할 수 없다는 뜻에서 돈키호테의 행동과 별로 다르지 않다. 그뿐 아니다. 죽은 농노를 사들여 한밑천 장만하려던 치치코프의 꿈은, 적어도 제1부에서는 좌절된다. 그러니 그의 꿈은 돈키호테의 '헛된 한바탕 꿈'과 별로 다르지 않다.

그렇다면 고골은 왜 치치코프를 돈키호테처럼 러시아 전역을 떠돌아다니게 한 것일까? 돈키호테는 비록 헛된 꿈일지언정, 기사도의 이상을 실현하기 위해 세상을 편력했다. 완벽한 기사로 재탄생하기 위해 세상을 편력한 것이다. 그에 비해 치치코프는 오로지 돈을 벌기 위해 러시아 전역을 떠돌아다닌다. 치치코프 자신도 이렇게 말하지 않았는가?

"저는 정말 피눈물 나는 인내로 한 푼 두 푼 모았어요. 남의 물건을 훔치지도 않았고 공금을 착복하지도 않았어요. 왜 그랬을까요? 여생을 잘 보내기 위해, 또 아이들에게 뭔가 남겨주기 위해서였어요. 국가에 봉사하기 위해서였어요."(214쪽)

돈키호테가 불가능한 꿈에 취해 사는 이상적인 인물이라면 치치코프는 지극히 현실적인 인물이다. 그런 의미에서라면 둘은 완전히 다르다. 하지만 사실상 그렇게 다르지도 않고 비슷하기조차 하다. 무슨 소리인가?

우선 제목부터 살펴보자. 이 소설의 제목을 역자는 『죽은 혼』으로 옮겼다. 하지만 사실은 『죽은 농노』라 번역해도 무관하다. 이 소설의 원제목은 러시아어로 『Mertvye Dushi』다. 우리는 'Dushi'를 '혼'으로 옮긴 것이다. 하지만 제정러시아 시대에는, 본래 혼을 의미하는 'Dushi'라는 단어가 농노를 의미하기도 했다. 이 책의 제목은 그 자체가 사회적인 의미와 정신적인 의미가 복합적으로 담겨 있고 그것이 바로 고골의 의도이기도 하다.

그렇다면 『죽은 혼』의 의미 자체도 이중적이다. 그건 말 그대로 치치코프가 사들인 죽은 농노를 의미하기도 하고, 죽어버린 영혼을 의미하기도 한다. 누구의 죽어버린 영혼이란 말인가? 바로 치치코프의 영혼이고 러시아의 영혼이다.

치치코프는 그 죽어버린 영혼을 '살아 있는 영혼'처럼 사들이면서 세상을 떠돌아다닌다. 그렇다면 그의 세상 편력은 혹시 돈키호테의 편력과 비슷한 것이 아닐까? 작가는 그의 죽은 영혼을 살려주기 위해, 그의 영혼을 구원하기 위해 그에게 세상 편력을 시킨 것이 아닐까? 이 작품의 말미에서 작가는 그 의도를 명백히 드러낸다. 감옥에 가두어둔 치치코프를 석방해달라는 무라조프에게 공작이 "아아, 모르겠소. 당신이 왜 그의 석방을 그렇게 원하는지"라고 말하자 무라조프는 "그의 영혼을 구원하기 위해서입니다"(222쪽)라고 말한다.

사실이다. 고골이 『죽은 혼』을 단테의 『신곡』처럼 3부작으로 구상했던 것은 잘 알려져 있다. 즉 제1부는 『신곡』의 제1부 「지옥 편」처럼 악에 대해 철저히 묘사하고, 제2부는 「연옥 편」처럼 속죄받는 영혼을, 제3부는 「천국 편」처럼 구원받은 영혼을 그리려 했던 것이다. 하지만 그는 제2부를 쓴 다음에 두 번에 걸쳐 원고를 불태워버리고 제3부는 착수조차 못 한다. 지금 남아 있는 원고는 불타지 않은 원고 일부분뿐이며, 거기에 그의 단상과 노트들을 보완해서 지금의 『죽은 혼』 판본이 전해지는 것이다. 그가 원고를 불태운 것은 종교적인 가책 때문이라고도 하고, 그의 작품에 대한 적대자들의 혹평 때문이라고도 하며, 자신의 이상을 작품 속에 실현할 수 없음에 좌절하고 실망한 때문이라고도 한다. 또한 그가 실수로 다른 원고들과 함께 잘못 불태워버린 것이라고 말하는 사람들도 있다.

어쨌든 이 작품을 통해 고골은 치치코프의 영혼을, 그리고 러시아의 영혼을 구원하길 원했다. 그런 뜻에서 러시아 사실주의의 원조로 알려진 고골의 이 작품은 낭만적이기도 하다. 낭만적이라는 말의 핵심에는 언제나 '영혼'이라는 단어가 들어있음을 지나는 길에 다시 한 번 지적해두기로 하자.

그런데 찬찬히 살펴보면 이 작품은 단테의 『신곡』과는 사뭇 다르다. 여러분, 『신곡』의 「지옥 편」을 한번 상기해보라. 그곳은 말 그대로 아수라장이다. 그곳에는 아무런 구원의 가능성도 없다. 그곳의 죄인들은 '최후의 심판'의 날이 될 때까지 영원히 그 지옥에서 신음해야만 한다.

그런데 고골이 『신곡』의 「지옥 편」에 해당한다고 쓴 『죽은 혼』의 제1부는 사뭇 다르다. 물론 거기에는 인간의 온갖 추한 모습들이 다 담겨 있다. 탐욕, 위선, 속물적 이기심, 편집증에 사로잡힌 지주들의 모습이 적나라하게 묘사되고 있다. 하지만 거기에는 『신곡』의 「지옥 편」에는 없는 것들이 있다. 거기에는 유머가 있고 애정이 있으며 무엇보다 연민이 있다. 여러분, 한번 자신에게 물어보라. 『죽은 혼』의 제1부를 읽으면서 그 끔찍함에 몸서리쳤는가, 아니면 자신도 모르게 얼굴에 미소를 띠게 되었는가? 그 속물들을 향해 증오를 느꼈는가, 아니면 연민을 느꼈는가? 물론 추한 지주들의 모습에 낯설어하기도 하고, 분노를 느끼기도 했을 것이다. 하지만 『신곡』의 「지옥 편」을 읽을 때처럼 몸서리를 치지는 않았을 것이다. 그리고 바로 거기에 고골 작품의 특성이 있으며 우리가 이제까지 읽어본 작품들과는 다른 러시아 작품들의 특성이 있다.

다시 눈길을 주인공 치치코프에게로 돌려보자. 한마디로 규정한다면 그는 사기꾼이다. 세관에서 일할 때 밀수 조직과 결탁해서 돈을 벌어들인 부패한 관리였고, 죽은 농노들을 살아 있는 농노로 둔갑해 사들여서 대출을 받아 한몫 챙기려던

자이며, 유서를 위조해서 남의 유산을 가로챈 파렴치한이다. 그는 인간적으로도 법률적으로도 죄인이다. 그런데 그를 바라보는 작가의 눈길에는 애정이 서려 있다. 작품에 여러 번에 걸쳐, 작가는 절대로 자기 작품의 주인공과 적대적인 관계에 놓이면 안 되는 법이라는 이야기가 나오며 다음과 같이 직접 그를 옹호하기도 한다.

독자 중에는 그가 도덕적으로 어떤 사람인지 명확히 밝혀달라고 요구하는 사람이 있을지도 모른다. 그가 완벽하게 선량하고 고결한 사람이 아니라는 건 분명하다. 그렇다면 그는 비열한 인간인가? 그를 왜 비열한 인간이라고 해야만 하는가? 우리는 왜 남에 대해 그렇게 엄격한 잣대를 들이대야만 한단 말인가? 물론 그의 성격에는 우리가 반감을 품을 만한 요소가 충분히 있다. 더욱이 그가 우리 서사시의 주인공이니 뭔가 삐딱한 시선으로 그를 바라볼 게 빤하다. 우리가 모두 고결한 주인공에게 익숙해져 있기 때문이다.

하지만 과연 우리가 저속하다고 생각하는 욕망의 지배

에서 자유로운 인간이 있을까? 게다가 인간은 자신의 의지로 선택하지 않은 욕망의 포로가 되는 경우도 많다. 그것들은 인간이 이 세상에 태어나는 순간 함께 태어나며, 우리에게는 그것을 거부할 수 있는 힘이 주어지지 않는다. 아마 치치코프 자신에게도 그의 내면에서 나오는 욕망과는 다른, 그를 그 어느 곳인가로 이끄는 욕망이 있을 것이고 그의 냉혹한 존재 안에도 마침내는 인간을 저 천상의 슬기 앞에 무릎을 꿇게 하고 재로 화하게 만드는 그 어떤 것이 숨어 있는지도 모른다.(147~148쪽)

위의 인용문에는 고골의 인간관, 더 나가 다른 나라 사람들과는 다른 러시아적인 정신과 영혼이 들어있다. 고골은 흔들리는 인간의 영혼에 대해 관대하다. 이 책의 제2부 말미를 한번 상기해보라. 치치코프는 그 얼마나 갈대처럼 흔들리는가? 코스탄조글로의 말을 듣고 그동안 찾아 헤매던 고향에 온 것처럼 느껴져 눈물을 흘리다가도 금세 돈을 남에게 내주는 게 아까워서 벌벌 떠는 속물로 변한다. 또 무라조프의 말에 감동을 받아 영혼이 고양되는 것이 느껴져 그에게 새로운 삶을 살 겠다고 약속했다가도, 돈만 주면 자신을 감옥에서 빼내주겠다 는 부패 관리의 유혹에 넘어가는 게 바로 치치코프다.

위의 인용문이 전하고 있는 내용에 비추어 치치코프의 행 동을 풀어 설명하면 이렇게 된다.

그가 그런 행동을 하는 것은 그가 유달리 나쁜 인간이라서 가 아니다. 그는 그냥 인간이기 때문이다. 그의 그런 행동은 그의 내부에서 오는 것이 아니다. 그도 어찌할 수 없는 어떤 알 수 없는 힘에 이끌려 그렇게 될 뿐이다. 설사 그게 악한 짓 이라 할지라도 그건 그의 의지의 산물이 아니다. 이 세상에는 그를 선으로 이끌 그 어떤 알지 못할 천상의 힘이 숨어 있듯 이 그를 악으로 이끄는 알지 못할 힘도 숨어 있다.

여러분은 과연 동의할 수 있는가? 이 세상에 존재하는 온 갖 악덕들, 인간 사회에 존재하는 악덕들은 우리가 인간인 한 도저히 어찌할 수 없는 것일까? 우리가 인간으로 사는 한 우 리는 죄를 지을 수밖에 없고 벌을 받을 수밖에 없는 것일까?

그 질문에 그렇다고 답하면 우리는 금세 무기력해질지 모 른다. 그러나 그 질문이 깊어지면 우리에게는 또 다른 소득이 생긴다. 우리는 남의 잘못에 대해 동질감을 느끼고 유대감을 느낄 수 있게 된다. 남을 향해 연민의 정을 느낄 수 있게 되며 남을 더욱 잘 이해하고 관용을 베풀 수 있게 된다. 영어의 compassion을 우리는 '동정', 또는 '연민'으로 옮기지만 더 정확한 뜻은 '다른 이의 정념, 혹은 정열을 함께 나눈다'는 뜻이다. 그 정념, 정열이 비록 나쁜 결과를 낳을지라도 그 정념을 나도 지니고 있음을 공감하는 것, 그게 compassion이다. 그때 사람들은 사람들이 행하는 악덕에 대해 관대해진다.

악에 대해 관대해진다는 것이 무작정 악과 손을 잡는 것을 의미하지는 않는다. 그렇게 되면 고민 자체가 없어지고 악을 그냥 방치하게 된다. 그건 악에 대해 관대해지는 것이 아니라 아예 악을 있는 그대로 방치하고 그에 대한 성찰조차 않는 것을 뜻한다. 하지만 악에 대해 관대해진다는 것은 악을 무조건 물리칠 것으로 간주하는 것이 아니라 도대체 악이 무엇인지, 악 자체에 대해 더 깊은 성찰을 하게 된다는 것을 의미한다. 그것은 악을 범할 수밖에 없는 인간 존재에 대해 더 깊이 고민하게 된다는 것을 의미한다.

'악을 행하면 안 된다'고 말하기는 쉽다. '나쁜 짓을 하지 말아야지'라고 결심하기도 쉽다. 또한 '악을 물리쳐야 한다'고 외치기도 쉽다. 그리고 그런 강력한 외침이 인간을 선으로 이끄는 면이 있는 것도 사실이다. 하지만 그 외침만으로 이 세상에서 악이 사라지지는 않는다. 또한 이 세상에는 그와는 다른 생각을 하는 사람들도 많으며 그것이 바로 인간이다. 인간의 영혼은 알록달록하기 때문이다.

우리가 앞으로 읽어보게 될 러시아 거장들, 즉 투르게네프, 도스토옙스키, 톨스토이의 작품들 근간에는 바로 인간을 향한, 인간이 범할 수밖에 없는 죄에 대한 연민이 들어 있다. 그리고 문학작품으로 그런 러시아 정신을 세상 사람들에게 제일 먼저 보여준 사람이 고골이며, 그 정신을 가장 잘 구현하고 있는 작품이 바로 『죽은 혼』이다. 그런 의미에서 고골은 완벽한 러시아적인 작가이며 『죽은 혼』은 러시아적인 작품이다. 하지만 동시에 『죽은 혼』은 세계성을 획득한 작품이라고 할 수 있다. 인간은 누구나 영혼의 구원을 갈망하는 존재이기 때문이다.

그뿐이 아니다. 고골이 주인공 치치코프에 대해 깊은 애정을 보이고 있으니 우리도 그와 좀 친해지기 위해 한마디 더

하자. 부모로부터 물려받은 변변한 재산도 없고 백그라운드도 없으면서 오로지 자신의 힘만으로 세상 풍파를 헤쳐나가야 하는 치치코프의 모습에서 여러분은 좀 친밀감을 느끼지 않는가? 이른바 흙수저를 갖고 태어났지만 그 열악한 조건을 자신의 힘으로 이겨내는 모습이 아닌가? 지닌 것이 아무것도 없는 채, 오로지 사람의 마음을 읽는 능력, 언변으로 사람들을 설득하고 그것으로 사업을 성공시키는 그의 모습은 오늘날에도 여전히 우리 주변에서 자주 볼 수 있지 않은가? 게다가 그가 내세운 재능이 무엇이었는가? 바로 '인내와 열정' 아니었는가? 비록 길을 좀 잘못 들었을 뿐 그가 지녔던 인내와 열정이 젊은이에게 그 무엇보다 소중한 것은 예나 지금이나 다름없다. 그런 의미에서 치치코프는 고골이 창조한 러시아적 인물인 동시에 보편적인 인물이기도 하다.

끝으로 한 가지만 더 묻자. 여러분은 혹시 이 작품을 읽고 러시아를 한번 여행해보고 싶은 생각이 들지 않았는가? 고골이 작품에서 '손님을 환대하는 것은 러시아에서는 일종의 엄격한 규율 같은 것이어서'(89쪽)라고 했으니 아직 그 규율이 지켜지고 있는지 한번 확인해보고 싶은 생각은 없는지?

고골은 1809년 3월 지금의 우크라이나 폴타바에서 태어났다. 그는 20세 되던 해 청운의 뜻을 품고 러시아의 수도 상트페테르부르크로 상경한다. 그곳에서 그는 시를 발표했지만 혹평을 받았고, 황실극장 배우 오디션에서도 떨어진다. 그는 하는 수 없이 하급 관리로서 생활을 꾸려나가며 창작 활동을 계속한다.

　　그의 창작 활동에서 가장 큰 사건은 1832년 꿈에 그리던 우상 푸시킨을 만난 일이다. 이어서 그는 상트페테르부르크 대학교에서 역사학과 교수직을 맡아 강의를 시작하고 1835년 푸시킨의 조언에 따라 『죽은 혼』의 집필에 착수하며 1836년에는 연극 〈검찰관〉을 상연하여 큰 인기를 얻는다. 하지만 자신의 창작 의도를 곡해하는 문인과 일반 대중들을 참아내지 못하고 러시아를 떠나 1836년부터 1848년까지 로마에 머물면서 창작 활동에 몰두한다.

　　그가 로마에 머물면서 1842년에 발표한 『죽은 혼』은 러시아 전역에 걸쳐 엄청난 반향을 불러일으켰다. 하지만 일부에서는 러시아를 모독했다고 그를 비난했으며 일부에서는 러시아를 너무 신성시했다고 비난하기도 했다.

그는 곧바로『죽은 혼』제2부의 집필에 들어갔다. 하지만 집필 완료 후 그는 곧바로 원고를 소각했으며 10년 정도 후에 다시 제2부를 완성한다. 그러나 무슨 사연에서인지 그는 그것도 불태우고 10여 일 후에 죽었다.

　그는 한 개인의 영혼을 통해 러시아의 영혼을, 더 나아가 인류의 보편적인 영혼을 파헤치려 한 뛰어난 작가였고, 그의 그런 작가 정신은 도스토옙스키에게 그대로 이어져, 인간성에 대한 더없이 심오한 성찰로서의 위대한 러시아 문학을 낳는 초석이 되었다.

『죽은 혼』바칼로레아

1 '필요악(necessary evil)'이라는 말이 있듯이 인간 사회에는 필연적으로 악이 존재한다. 인간 사회에 악은 왜 존재하는 것일까? 악이 사라져야만 건강한 사회가 될 수 있는 것일까? 만일 그렇다면 그 방법에는 어떤 것들이 있을까?

2 작품 끝에서 작가는 치치코프의 내적인 영혼 상태를 '새 건물을 세우기 위해 분해된 건물과 비슷했다. 다만 건축가에게서 최종 설계 도면이 오지 않아, 새 건물 건축은 아직 시작되지 않았고'(224쪽)라고 했다. 건축가가 되어 그의 영혼을 새롭게 건설한다면, 어떤 영혼을 건설하고 싶은가?

죽은 혼

생각하는 힘: 진형준 교수의 세계문학컬렉션 35

펴낸날	**초판 1쇄 2019년 1월 31일**

지은이	**니콜라이 고골**
옮긴이	**진형준**
펴낸이	**심만수**
펴낸곳	**㈜살림출판사**
출판등록	1989년 11월 1일 제9-210호

주소	**경기도 파주시 광인사길 30**
전화	**031-955-1350** 팩스 **031-624-1356**
홈페이지	http://www.sallimbooks.com
이메일	book@sallimbooks.com

ISBN	978-89-522-4021-7 04800
	978-89-522-3986-0 04800 (세트)

※ 값은 뒤표지에 있습니다.
※ 잘못 만들어진 책은 구입하신 서점에서 바꾸어 드립니다.

이 도서의 국립중앙도서관 출판시도서목록(CIP)은 서지정보유통지원시스템 홈페이지
(http://seoji.nl.go.kr)와 국가자료공동목록시스템(http://www.nl.go.kr/kolisnet)에서
이용하실 수 있습니다.(CIP제어번호: CIP2019001910)

책임편집·교정교열 **정명순 조경현**